शिष्टाचार
Etiquette

Personality Development

व Self Help की लोकप्रिय पुस्तकें

शिष्टाचार
Etiquette

सभ्य एवं शिष्ट जीवन के Gloden Rules

प्रो. पी.के. आर्य

प्रभात
प्रकाशन

प्रकाशक • **प्रभात प्रकाशन प्रा. लि.**
4/19 आसफ अली रोड,
नई दिल्ली–110002

संस्करण • 2024
मूल्य • दो सौ रुपए
मुद्रक • नरुला प्रिंटर्स, दिल्ली

SHISHTACHAAR (ETIQUETTE) by Prof. P.K. Arya
Published by Prabhat Prakashan Pvt. Ltd., 4/19 Asaf Ali Road,
New Delhi-2 e-mail: prabhatbooks@gmail.com
ISBN 978-93-5048-439-5 ₹ 200.00

विषय-सूची

शिष्टाचार युक्त जीवन के 7 गुरुमंत्र

धन और संपत्ति से नहीं,
शिष्टाचार से
मनुष्य महान् बनता है।

—आचार्य हशेहम

1

मनुष्य का आभूषण : शिष्टाचार

> *शिष्टता मानव जीवन का अनमोल रत्न है। उसे जिस मनुष्य ने खो दिया, उसका जीना ही व्यर्थ है। वह चाहे जितना धनी अथवा भरे-पूरे घर का हो, उसका कोई मूल्य नहीं रहता।*
>
> **—कबीर**

सभ्य व शिष्ट इनसान आत्म-गौरव की संपदा से लबरेज रहते हैं, जबकि दुर्जन तथा असभ्य लोग जंगली जानवरों से अधिक नहीं समझे जाते। सफलता अर्जित करने के लिए सभ्यता व शिष्टता के गुणों का अनुसरण करना बेहद जरूरी है। वे लोग जो कामयाब हैं और वे लोग जो कामयाब होना

चाहते हैं, दोनों के लिए एक अनिवार्य सूत्र है—'अपनी मानवीय विशेषताओं में अभिवृद्धि।' कोई भी स्त्री अथवा पुरुष कितना भी योग्य व पढ़ा-लिखा क्यों न हो यदि उसके पास शिष्टाचार की पूँजी नहीं, तो उससे गरीब व दीन-हीन कोई नहीं!

मशहूर लेखक जे. मौर्य अपने संस्मरणों में लिखते हैं कि "कभी-कभार मैं एक गंदी बस्ती में जाता था, तो मुझे एक बुढ़िया दिखाई देती थी, जो अकेले रहती थी। उसकी झोपड़ी बहुत साफ-सुथरी थी। उत्सुकतावश एक दिन उन्होंने बुढ़िया से पूछा कि ऐसी बस्ती में वह इतनी साफ-सुथरी कैसे रहती है? तब उसका जवाब था—'यह शिष्टाचार की बात है।' उस स्त्री की आवाज में सम्मान व विश्वास की खनक थी।

जाहिर है उसने निराशा तथा प्रदूषण के मध्य भी खुद के लिए आत्म-गौरव का मार्ग खोज निकाला था। शारीरिक रूप से तो वह मलिन व प्रदूषित वातावरण में रह रही थी, परंतु मानसिक रूप से वह इन सबसे बहुत ऊपर उठ गई थी। सभ्यता व शिष्टता के अंकुर जिन व्यक्तित्वों में फूटते हैं, उनकी विशेषताओं की सुरभि से समूचा परिवेश सुवासित हुए बिना नहीं रहता।

शिष्ट व सभ्य समुदाय शासन तथा अनुशासन को मानने की योग्यता रखता है। मानसिक आरोग्यता के लिए दोनों

ही तत्व अनिवार्य हैं। इसका अभिप्राय, ताबेदारी नहीं है। अपितु उचित प्रकार से शासन के प्रति एहसास का होना है। कहा भी गया है—

'बा अदब, बा नसीब
बे अदब, बे नसीब'

जॉर्ज बर्नार्ड शॉ ने लिखा है कि जब मैं नौजवान था, तब मैंने देखा कि अगर मैं दस काम करता हूँ तो उनमें से नौ में असफल हो जाता हूँ। मैं असफल होना नहीं चाहता था इसलिए मैंने दस गुना ज्यादा काम करना शुरू कर दिया।

सभ्य व शिष्ट प्रवृत्ति वाले लोगों में दूसरे लोगों की खूबियों को स्वीकार करने की समझ होती है। प्रत्येक व्यक्ति का जीवन, हमारे जीवन जितना ही बहुमूल्य व महत्त्वपूर्ण है।

प्रख्यात विचारक दोस्तोवस्की के शब्दों में कहें तो 'हममें से प्रत्येक व्यक्ति, प्रत्येक दूसरे व्यक्ति के प्रति, प्रत्येक वस्तु के लिए उत्तरदायी है।' हम बड़े होकर सभ्य नागरिक बनें, इसके लिए हमें बचपन से अनुशासित रहने की आवश्यकता है। सामाजिक जीवन के छोटे-मोटे कर्तव्यों में हमारा सबसे महत्त्वपूर्ण कर्तव्य यह है कि जो प्रशंसा का पात्र नहीं, उसकी प्रशंसा न करें परंतु यह और भी महत्त्वपूर्ण है कि जो वास्तव में प्रशंसनीय है, उनके प्रति हम स्पष्ट तौर पर अपने विचार

व्यक्त करें।

इसे दूसरे शब्दों में, कुछ इस तरह भी कहा जा सकता है कि 'प्रशंसा करने में शीघ्रता कीजिए और बुराई करने में विलंब।'

इस सूत्र पर आप अमल करके तो देखिए, आपको घर-परिवार तथा सामाजिक जीवन में जो बदलाव आता नजर आएगा, उसके परिणामों में आप चकित रह जाएँगे।

सिडनी स्मिथ कहा करते थे—'ख्याति भी एक पारितोषिक है, जिसकी प्राप्ति के लिए मानव संघर्ष करता है। धन संपत्ति की अपेक्षा ख्याति उससे दोगुने परिश्रम एवं बौद्धिकत्ता को जन्म देती है। यह प्रतिभा का सिक्का है और प्रत्येक मनुष्य का अतिआवश्यक कर्तव्य है कि वह ईमानदारी एवं किफ़ायत से इसको अर्जित करे।'

इटली के प्रख्यात विचारक गारफील्ड से जब बचपन में किसी ने पूछा कि तुम क्या बनना चाहते हो, तो उसका उत्तर था—''सर्वप्रथम मैं मनुष्य बनना चाहता हूँ, यदि मैं इसमें सफल नहीं हुआ तो किसी भी कार्य में सफल नहीं हो पाऊँगा।''

मनुष्यता का गुण

कहा जाता है कि एक बादशाह ने अपने एक शाहजादे को लिखकर पूछा कि संसार में वह कौन सी चीज है, जो

बहुत अधिकता से मिलने पर भी यथेष्ट नहीं मिलती। शाहजादे का जवाब था—'मनुष्य!' वह चीज मनुष्य है, क्योंकि मनुष्य संसार में होते हुए भी जैसा मनुष्य चाहिए वैसा नहीं मिलता।

अमेरिकी लेखक इमरसन ने लिखा है कि—'जीवन के हजार प्यालों में केवल एक प्याले का मिश्रण ही ठीक होता है।'

श्रेष्ठ मनुष्य वही है जिसकी आँखें न अधिक गिरी हुई हों और न ही अधिक उभरी हुई हों। उत्तम दृष्टि वाले मनुष्य संसार में आते समय अपने जीवन के साथ ही अपना सौभाग्य भी लेकर आते हैं।

एक बार यूनान के प्रख्यात विचारक जयोजेनियम एथेंस शहर में दोपहर के समय लालटेन हाथ में लेकर एक संपूर्ण ईमानदार मनुष्य की खोज करते घूमते रहे। परंतु उनका परिश्रम निष्फल रहा। एक दिन उन्होंने बाजार में खड़े होकर उच्च स्वर में कहा—'ऐ मनुष्यो!' उनकी पुकार सुनकर लोग वहाँ इकट्ठे हो गए। तब उन्होंने घृणा से कहा—'तुम लोग क्यों इकट्ठे हुए हो? मैंने तो मनुष्यों को बुलाया था, बौनों को नहीं।' समाचार पत्र-पत्रिकाओं, दूरदर्शन तथा विविध माध्यमों के जरिये प्रकाशित-प्रसारित होने वाले विज्ञापनों तथा सूचनाओं में हम रोजाना देखते हैं कि प्रत्येक पेशे अथवा

व्यवसाय हेतु मनुष्य की आवश्यकता है। उसमें लिखा रहता है—'Wanted a Man' (एक मनुष्य की जरूरत है)।

यहाँ यह सवाल उठ खड़ा होता है कि वास्तव में किस प्रकार के आदमी की जरूरत है? वह मनुष्य कैसा हो? यदि दो हाथ, दो पाँव, दो कान, दो आँख आदि चिह्नों वाले एक पंच-भूतात्मक स्वरूप की ही आवश्यकता है तब तो, मनुष्य की किसी भी कार्य के लिए, कहीं भी कोई सीमा नहीं है। दुनिया में जनसंख्या का ग्राफ तो निरंतर ऊपर-ही-ऊपर उठता जा रहा है। एड्स, कैंसर, युद्ध, भूकंप तथा अन्य आपदाओं में लाखों लोगों के श्मशान पहुँचते रहने के बावजूद लोगों की भीड़ है कि कम होने का नाम ही नहीं ले रही।

विलक्षण व्यक्तित्व

वस्तुतः जिस मनुष्य की आवश्यकता है, वह ऐसा होना चाहिए कि उसे 'विलक्षण व्यक्तित्व' की संज्ञा दी जा सके। जो भीड़ में भी अकेला सबसे अलग-थलग दिखाई पड़े। जो अपने मंतव्य को निर्भीकतापूर्वक प्रकट करने का हौसला रखता हो। जो उस बात के लिए भी 'नहीं' कहने में देर नहीं लगाता, जिसके लिए सभी लोग 'हाँ' की रट लगाए हुए हों।

उस मनुष्य की आवश्यकता है जो अपने एक विशेष

मंतव्य से प्रेरित होता हुआ भी अपने मनुष्यत्व की अन्य शक्तियों को कमजोर, ठंडी व लँगड़ी नहीं होने देता।

जो व्यक्ति अपनी शक्ति विशेष के विस्तार हेतु अन्य शक्तियों को नष्ट करता है। जो अपने छोटे-छोटे कार्यों को भी अपना महान कर्तव्य समझकर पूर्ण करता है। जो व्यक्ति अपने व्यवसाय को केवल अपने जीवन निर्वाह का जरिया ही न समझता हो, अपितु उसे अपना विकास, परिपक्वता, शिक्षा चरित्र और मनुष्यता मानता हो।

हजारों कंपनियाँ, व्यापारी, जमींदार, व्यवसायी, कारखानों के मालिक बड़े-बड़े कार्यालय तथा बहुराष्ट्रीय कंपनियाँ, विश्वविद्यालय व कॉलेज प्रतिदिन अखबारों में विज्ञापन छपवाते हैं कि अमुक कार्य के लिए उन्हें दक्ष व योग्य मनुष्यों की तलाश है। ये सूचनाएँ जाहिर तौर पर इस बात का प्रमाण हैं कि लाखों-करोड़ों की भीड़ में भी अतिरिक्त गुणों व योग्यता वालों की सब जगह पूछ है। संसार के महल, गाड़ी, बँगले, कारें तथा जहाज, जमीन-जायदाद, सनदें, बेशुमार धन-दौलत तथा कंपनियों का स्वामित्व ये सारे वैभव अपने अंतःकरण की शुद्धता की तुलना में कुछ भी नहीं हैं। दूसरे व्यक्तियों को किसी भी प्रयत्न द्वारा हानि नहीं पहुँचाना, दूसरे की धन-संपदा पर नजरें नहीं गड़ाए रखना, अपने चरित्र को निर्मल रखना तथा वैचारिक खजाने को बढ़ाते रहना ऐसी

विशेषताएँ हैं, जिनके समावेश से एक मनुष्य संपूर्ण मनुष्यता को प्राप्त होता है।

जो मनुष्य ईमानदार है परंतु अस्वस्थ है। ज्ञानी है पर क्रोध के कारण अशांत है। अच्छा वेतन पाता है, परंतु कर्जदार रहता है। उन्नत पद पर है परंतु खुशामदी है। वह संपूर्ण मनुष्य कहलाने का अधिकारी नहीं है। जब तक श्रेष्ठ मनुष्यों का वर्ग तैयार नहीं होगा, एक मनुष्य की आवश्यकता है का विज्ञापन छपता हुआ दिखता रहेगा।

साधारण योग्यता अथवा सिफारिश से कोई मनुष्य किसी पद पर रख भी लिया जाए लेकिन कालांतर में उसे रिश्वत लेने के कारण निकाल दिया जाएगा। दूसरी तरह का व्यक्ति आलसी होकर घर बैठेगा, तीसरा आज्ञा उल्लंघन तथा अनुशासनहीनता के कारण तथा चौथा, बीमार रहने व बदमिजाजी के चलते निकाल दिया जाएगा या निराश होकर स्वयं ही घर जा बैठेगा। फिर से यही एक आदमी की आवश्यकता है का विज्ञापन बराबर निकलता रहेगा।

मनुष्य होने के नाते आप संसार के सर्वोत्तम प्राणी हैं। कितनी भी विपरीत, विकट परिस्थितियाँ हों, पूरे आत्म-बल, शरीर-बल एवं बुद्धि- बल के साथ खड़े रहने की प्रचुर शक्ति आपको प्राप्त है। फलतः आप किसी भी वातावरण या परिस्थिति के दास नहीं बन सकते हैं। आपका निर्माण

तो परिस्थितियों तथा वातावरण का सृजन करने के लिए हुआ है। ईश्वर ने आपको स्वतंत्र कर्तव्य-शक्ति दी है। ऐसी दशा में आपको निरंतर अपने निर्णय तथा निर्माण की शक्ति से सफलता प्राप्त करते रहना चाहिए। इस सच्चाई से सभी परिचित हैं कि बिना कारण के कोई कार्य नहीं होता है। सबसे पहला कारण, हमारी यह मानसिक प्रेरणा या उमंग होती है जो हमें कोई नया तथा अनोखा कार्य करने का उत्साह सदा प्रदान करती है। यह मानसिक उत्साह या उल्लास ही हमारे लिए सफलता की परिस्थितियों का वातावरण बनाता है। लेकिन यदि मानसिक उल्लास के स्थान पर हमारा मन विषादग्रस्त हो, तो असफलता का वातावरण बनते देर नहीं लगती। अतः यह स्पष्ट तथ्य है कि जैसे हमारे विचार होंगे, हमारे कार्यों का परिणाम भी वैसा ही होगा। हमारे कार्यों का परिणाम हमारी विचारधारा से विपरीत किसी भी दशा में हो ही नहीं सकता। हमारा स्वभाव, हमारी आदतें, हमारी प्रवृत्तियाँ सब हमारे विचारों का ही प्रतिबिंब हैं। हमारी गतिविधियों पर इनका गहरा असर होता है।

'फर्स्ट इम्प्रेशन इज द लास्ट इम्प्रेशन' प्रथम प्रभाव विशेष महत्त्व रखता है। अतः जब भी पहली बार किसी से मिलें, पत्र लिखें, कहीं व्याख्यान दें तो बड़ा सोच-समझकर चलें, क्योंकि अकसर 'पहली छाप' ही 'अंतिम छाप' साबित होती है।

कोई भी व्यक्ति अपने को संपूर्ण रूप से श्रेष्ठ नहीं बना सकता। परंतु प्रत्येक इनसान में कोई-न-कोई विशेषता अवश्य होती है। अतः एक व्यक्ति को अपनी खूबियों को विकसित करते रहना चाहिए।

मिनटों की चिंता करो, क्योंकि घंटे तो अपनी चिंता स्वयं कर लेंगे।

हमारी त्रुटियाँ हमारे विनाश की प्राथमिक भूमिकाएँ हैं।

जो आज को सफल बनाता है, उसका पूरा जीवन और अनंत भविष्य सफल होता है। जो आज को असफल बनाता है, उसका पूरा जीवन और अनंत भविष्य असफल होता है। कल आज बनता है। कल के समुदाय का नाम ही अनंत भविष्य है।

□

शिष्टाचार से
व्यक्ति के आंतरिक गुण
प्रकट होते हैं।

—महाकवि कालिदास

2

शिष्टता की प्रतीक : मुसकराहट

शिष्टाचार का मूल सिद्धांत है दूसरे को अपने प्रेम और आदर का परिचय देना और किसी को असुविधा और कष्ट न पहुँचाना।

—ओशो

मुसकराहट से खिलते हैं हमारे दिलों के गुँचे। यह ऐसी क्रिया है जो सदैव सकारात्मक प्रतिक्रिया लाती है। मुसकराहट मनुष्य को उपलब्ध एक बेशकीमती नियामत है, इसे दिल खोलकर खर्च कीजिए। मुसकान को अपने व्यक्तित्व का महत्त्वपूर्ण पक्ष बनाने वाले लोग जिंदगी में कहीं ज्यादा सुखी व सफल होते हैं। वे अधिक लोकप्रिय व प्रभावशाली

भी होते हैं, ऐसे लोगों के मुकाबले जो बिलावजह अपने खूबसूरत चेहरे पर मनहूसियत का नकाब ओढ़े हैं। खुशमिजाज, जिंदादिल व हँसमुख लोग सभी को प्यारे होते हैं। उनसे हर कोई अपना संपर्क तथा संबंध बनाना या बढ़ाना चाहता है, जबकि बदमिजाज तथा क्रोधी स्वभाव के लोगों से सब दूर भागते हैं—यहाँ तक कि उनके अपने खास व सगे भी!

मर्लिन मुनरो, मोनालिसा तथा मधुबाला, 'म' से शुरू होने वाले इन तीनों खूबसूरत नामों की ख्याति के साथ जुड़ी है, इन तीनों की बेशकीमती मुसकान। उनकी एक-एक मुसकान लोगों की समूची दिनचर्या को प्रभावित करती थी। उनकी एक झलक के दीवाने थे लोग। ये सब जादू था मनमोहक मुसकान का!

मुसकराहट एक ओर जहाँ सौंदर्य वृद्धि में सहायक होती है, वहीं यह हमारे युवापन को भी बरकरार रखने में मददगार साबित होती है, क्योंकि जब हम आक्रोश की मुद्रा में होते हैं तो हमारा शरीर प्रतिकूल हारमोनिक प्रक्रिया से गुजरता है। हमारी मांसपेशियाँ अधिक खिंच जाती हैं। इस ज्यादती के बार-बार दोहराते रहने से हमारी उम्र से ज्यादा बुझा-बुझा हमारा चेहरा होता है और हम कम उम्र में भी कहीं ज्यादा बड़े प्रतीत होते हैं।

शेक्सपियर ने कहा है कि तुम्हें क्या चाहिए? तुम्हें जो

भी चाहिए उसे अपनी मुसकराहट से प्राप्त करो न कि तलवार के जोर से।

जब हम मुसकराते हैं तो हमारे चेहरे की एक महत्त्वपूर्ण मांसपेशी 'जाइगोमेटिक मेजर मसल' ही कार्य करती है, जो चिक बोन (गाल की हड्डी) से चेहरे के अन्य कोनों तक जाती है। अतः वे लोग जो अधिक युवा दिखने की इच्छा रखते हैं, उन्हें खूब मुसकराना चाहिए बल्कि मुसकराते रहना चाहिए।

जो काम बड़े-बड़े सिफारिशी खत तथा नोटों के ढेर नहीं करा पाते, वो एक मीठी मुसकान के जादू से पल भर में हो जाते हैं। यह एक ऐसी मीठी छुरी है, जिसे आदमी स्वेच्छा से खाने को लालायित रहता है। वैसे भी जब हम मुसकराते हैं तो न सिर्फ अपने आस-पास रहने वालों के बीच प्रसन्नता बिखेरते हैं, अपितु हम खुद भी मानसिक सुकून पाते हैं। शोधों द्वारा यह स्पष्ट हो चुका है कि जो व्यक्ति अधिकाधिक मुसकान बिखेरते हैं, वे शारीरिक व मानसिक रूप से अपेक्षाकृत अधिक स्वस्थ व सुखी रहते हैं।

मनोवैज्ञानिकों की राय है कि परिस्थितिजन्य विषमताओं में यदि हमारे चेहरे पर मुसकराहट रहेगी तो हमें ज्यादा अच्छे तरीके से प्रत्युत्तर मिलता है। चेहरे की मांसपेशियों को मुसकराहट में इस्तेमाल करने से एक ओर, जहाँ रक्तचाप

सामान्य होता है, वहीं दूसरी ओर, शरीर को भी आराम मिलता है। जब हम मुसकराते हैं तो हमारा क्रोध स्वतः ही रफूचक्कर हो जाता है और हम चाहकर भी गुस्सा नहीं कर पाते। यही नहीं जब हम मुसकराते हैं तो हमारा शरीर अतिरिक्त ऑक्सीजन सोखता है, जिससे हमारे मस्तिष्क को ठंडक और प्रचुर मात्रा में स्वस्थ रक्त मिलता है। यह एक तरह से हमारे दिमाग के लिए 'एयर कंडीशनिंग' का कार्य करता है।

जब कभी भी हमारा दिमाग काम करते-करते अधिक गर्म हो जाता है तो वह नकारात्मक भावनाएँ पैदा करने लगता है, जिसके निदान का बेहतर उपाय मुसकराहट है।

'स्माइलथेरेपी' के लेखक लीज़ के अनुसार, आप अपनी मुसकराहट और हाव-भाव से ही बिना कुछ कहे बहुत कुछ कह जाते हैं। प्रत्येक व्यक्ति के हाव-भाव का तरीका अलग हो सकता है। परंतु मुसकराहट प्रायः एक जैसी ही होती है। अतः किसी विशेष कारण या मिथ्या गंभीरता ओढ़ने के चक्कर में इस बहुमूल्य दौलत से अपने व्यक्तित्व को अलग न करें।

- मुसकराते हुए व्यक्ति स्वस्थ रहते हैं जबकि मलिनता हमारे लिए रोगों का निमंत्रण है।
- अपने जीवन को मुसकान में परिणत कर देना ही

सर्वोपरि नियम है।

- जो कुछ लोग कहते हैं कि तुम यह नहीं कर सकते उसे करके दिखा देना ही सबसे बड़ी मुसकान का रहस्य है।

मुसकान के कई प्रकार हैं। खुशी बिखेरती मुसकान, कटाक्ष भरी मुसकान, फरेबी मुसकान, तिरछी मुसकान, फर्जी मुसकान, महसूस होने वाली मुसकान, मुसकान जो धोखा देती है, मुसकान जो प्रेरित करती है, मुसकान जो डरा देती है और मुसकान जो दूसरों को आनंद प्रदान करती है। इसी तरह और भी न जाने कैसी-कैसी मुसकानें हो सकती हैं।

मनोवैज्ञानिकों का मानना है कि सबसे अच्छी मुसकान वह होती है, जिसे हम महसूस कर सकें। इस तरह की मुसकान हमें सच्ची खुशी प्रदान करती है। यह मुसकान आस-पास के वातावरण को अधिक खुशनुमा और अधिक मनमोहन बनाती है। मुसकराते वक्त सिर्फ हमारे होंठ ही नहीं मुसकराते, हमारी आँखें भी मुसकराती हैं। हमारी आँखें बता देती हैं कि हम दिल से मुसकरा रहे हैं अथवा दूसरे का मन बहलाने के लिए मुसकराने का नाटक कर रहे हैं।

मुसकान में दाँतों का भी विशेष महत्त्व है। साफ-सुथरे और चमकदार दाँत हमारी मुसकान में चार चाँद लगा देते हैं। मुसकराते वक्त दाँतों का प्रदर्शन भी अपने आप में एक

कला है। तकनीकी दृष्टिकोण से देखें तो मुसकान को जादुई बनाने में होंठों की भूमिका सर्वोपरि है।

नाजुक लबों की कशिश बिजली की-सी मार करती है। ऐसी ही मुसकराहट को वर्गीकृत करते हुए मशहूर शायर 'मीर' को लिखना पड़ा था—

'मीर इन नीमबाज आँखों में
सारी मस्ती शराब की सी है,
बेखुदी इन लबों की क्या कहिए
एक पँखुड़ी गुलाब की सी है।'

जो युवतियाँ अपनी मुसकराहट को और भी अधिक आकर्षक बनाना चाहती हैं, उन्हें अपने होंठों को कोमल व नाजुक बनाए रखना चाहिए। सोते वक्त थोड़ा सा शुद्ध घी उँगली पर लगाकर नाभि में लगा लेने से होंठ फटते नहीं तथा नाजुक बने रहते हैं।

मॉडलिंग प्रशिक्षण के दौरान मुसकान को अधिक प्रभावी बनाने के लिए युवतियों को होंठों के बेहतर इस्तेमाल के लिए बराबर '4' अक्षर का अभ्यास कराया जाता है। इसकी एक वजह यह है कि इस अक्षर से शुरू होने वाले शब्द बोलने में होंठ खुलने की बजाय और सिकुड़ जाते हैं। सिकुड़े होंठ वाली मुसकान बेहद दिलकश होती है।

'चीज' शब्द का उच्चारण करते वक्त होंठ कुछ ज्यादा ही खुल जाते हैं। अकसर फोटोग्राफर्स फोटों खींचते वक्त पुरुषों से 'चीज' शब्द बुलवाकर ही कैमरा क्लिक करते हैं। ऐसा माना जाता है कि पुरुषों पर खुले होंठों वाली मुसकान अधिक आकर्षक व मनमोहक लगती है। मुसकान वाकई एक ऐसा खजाना है जो तन-मन की खूबसूरती का सबब तो है ही हमारे व्यक्तित्व को प्रभावी व लोकप्रिय बनाने का मूलमंत्र भी है।

ध्यान रखिए, मुसकराहट पर कुछ भी खर्च नहीं आता, लेकिन यह पैदा बहुत कुछ करती है। इसे पाने वाले मालामाल हो जाते हैं। परंतु देने वाले भी दरिद्र नहीं होते। यह एक क्षण में उत्पन्न होती है और इसकी स्मृति कभी-कभी सदा के लिए बनी रहती है।

- ध्यान रखिए जब आपकी मुसकराहट अपेक्षित है तो आप उसमें कंजूसी न बरतें।
- स्मरण रखिए, एक स्नेहपूर्ण मुसकान घर में सुख, व्यापार में लाभ तथा समाज में स्वास्थ्य लाती है। यह समर्थन के लिए किया हुआ मित्रता का हस्ताक्षर है।
- एक संपूर्ण मुसकराहट थके हुए के लिए विश्राम का प्रतीक, हतोत्साही के लिए आशा का दीप, ठिठुरे हुए के लिए धूप की ताजगी तथा कष्ट के लिए

प्रकृति का सर्वोत्तम प्रतिकार है।

- मुसकराहट को खरीदा नहीं जा सकता, माँगा नहीं जा सकता, उधार नहीं लिया जा सकता। चुराया नहीं जा सकता, और जब तक यह दी न जाए तब तक संसार में यह किसी के कुछ काम की भी नहीं।
- ध्यान रखिए, मुसकराते वक्त आपके मसूढ़े कम से कम दिखाई देने चाहिए।
- दर्पण के सामने खड़े होकर अपनी मुसकराहट को निहारिए। मुसकराते समय होंठ दोनों ओर बराबर फैलने चाहिए। यदि आपके चेहरे पर टेढ़ी मुसकान ज्यादा फबती है, तो अलग बात है।
- मुसकराते वक्त आपके भीतर का संतोष बाहर अभिव्यक्त होना चाहिए। ऐसा न लगे कि आप मजबूरीवश, दूसरों का दिल रखने के वास्ते अथवा औपचारिकता निभाने के लिए मुसकरा रहे हैं। जो भी आपको मुसकराते देखे उसे यह अहसास होना चाहिए कि आप इस संसार के सबसे खुशमिजाज इनसान हैं।
- जब आप मुसकराएँ अपनी आँखों की मांसपेशियाँ ढीली रखें। मात्र होंठों से ही नहीं आँखों से भी

मुसकराना सीखिए। एक जादुई मुसकान में आँखों के भाव भी विशेष महत्त्व रखते हैं।

- अपने जज्बातों पर काबू पाना हालाँकि कठिन काम है, परंतु फिर भी जब किसी से मिलें तो अपने क्रोध, तनाव व परेशानियों को भुलाकर दिल से मुसकराते हुए मिलिए।
- जब भी किसी अजनबी से मुलाकात हो तो भरपूर मुसकान से उसका स्वागत कीजिए। भले ही आप कभी उससे पहले मिल भी चुके हों। मुसकराहट का जवाब करारी मुसकराहट के सिवा कुछ नहीं।

□

शिष्टाचार का
मूलमंत्र है—विनम्रता और
दूसरों का सम्मान।

—अज्ञात

3

शिष्टता की शक्ति : विनम्रता

> *धर्म, सत्य, सदाचार, बल और लक्ष्मी सब शिष्टता के ही आश्रय पर रहते हैं। शिष्टता ही सबका मूल है।*
>
> **—वेदव्यास**

ईश्वर ने मात्र मनुष्य को बोलने की अनमोल संपदा से नवाजा है। मनुष्य की वाक्शक्ति ही उसे अन्य प्राणियों से ऊपर उठाती है। इस प्राणी जगत् के सभी जीव-जंतु देख अथवा सुन सकते हैं। परंतु वे अपने मनोभावों को समझा नहीं सकते। इसी कारण उन्हें बेजुबान कहा गया है, जबकि मनुष्य वाणी के अमूल्य खजाने से धन्य है। हम स्वयं क्या हैं? इसका पता हमारी वाणी से चलता है। वाणी का अर्थ

है—बोल, आवाज, कथन तथा वचन। बोलने का अभिप्राय बातचीत अथवा वार्त्तालाप करने से है। प्रत्येक सफल मनुष्य का बातचीत करने का अपना अलग ढंग तथा विशिष्ट शैली होती है। यह हमारी बातचीत का ही तो कमाल है कि कहीं कोई सभी का दिल जीत लेता है, तो कोई किसी को एक आँख भी नहीं सुहाता।

हम अपने मधुर वचनों के बल पर ही तो गैरों को भी अपना बना लेते हैं, जबकि कटु वचन बोलने वालों के अपने भी गैर हो जाते हैं। हमारे द्वारा कहे गए बोल बहुत बार हमारे ही अपने प्राणों के शत्रु हो जाते हैं; यथा—

'जीबिया बढ़ बावरी कहि गई सरग पताल।
आपुन कहि भीतर भई जूती खात कपाल॥'

महापुरुषों का कहना है कि जुबान से निकली बात तथा कमान से निकला तीर फिर वापस नहीं होते। इसलिए हमें मृदुभाषी व विनम्र होना चाहिए। समाज में वही लोग आदर तथा सत्कार के अधिकारी होते हैं, जिनके होंठों पर मधुर मुसकान तथा मुँह में मीठे बोल होते हैं। मीठे बोल का जादू अपनी अलग बिसात रखता है, यह औरों के सिर चढ़कर बोलता है, दिल जीत लेता है तथा सभी को प्रेम करने की सीख देता है। यह सुनिश्चित है कि हम जब भी मिठास

भरी जुबान में बात करते हैं तो शुभ ही बोलते हैं, जबकि कटुवचन सदैव दूसरे के अहित तथा अशुभ के लिए प्रयोग किए जाते हैं।

ईश्वर ने वाक्‌शक्ति के रूप में मनुष्य को एक अमोघ अस्त्र प्रदान किया है। इसका सदुपयोग हमें अपनी वाणी को अमृतमयी बनाकर करना चाहिए। हमसे जहाँ तक संभव हो सके, अपने दो मीठे बोलों द्वारा दूसरों को राहत पहुँचाने का ध्येय होना चाहिए। बहुत बार ऐसा होता है कि हमारे कटुवचन जीवन पर्यन्त चेष्टा व परिश्रम करके निर्मित किए गए संबंधों पर पानी फेर देते हैं। कठोर वचन बोलकर कभी भी किसी के मन को चोट नहीं पहुँचानी चाहिए। ऐसा करके हम दूसरों को तो आघात पहुँचाते ही हैं बाद में कटुवचनों के संताप से हमारी आत्मा भी संतप्त होती है। मीठे बोल के महत्त्व को रेखांकित करते हुए आचार्य महाप्रज्ञ कहते हैं कि 'कुछ लोग दूसरों को अपना बनाने का प्रयत्न करते हैं। कभी-कभी ऐसा होता है कि बिना प्रयत्न किए ही दूसरे अपने बन जाते हैं। अपना बनाने का प्रयत्न एक आकांक्षा है। व्यक्ति की चारित्रिक विशेषता तथा व्यवहार से दूसरे सहज ही अपने बन जाते हैं। कटु वाणी तथा कटु व्यवहार का प्रयोग करने वाले प्रयत्न करने पर भी दूसरों को अपना नहीं बना सकते। मृदु वाणी और मृदु व्यवहार का चुंबक

लोहे को भी अपनी ओर आकृष्ट कर लेता है।'

मधुर वाणी का महत्त्व

'कागा काको धन हरै, कोयल काकौ देय?
मीठी वाणी बोल के जग अपनौ कर लेय।'

सभी को इस बात का पता है कि कौआ तथा कोयल रंग-रूप तथा आकार-प्रकार में लगभग एक समान होते हैं लेकिन कौए को कोई पसंद नहीं करता, वह घर की मुंडेर पर आकर बैठता भी है तो सभी उसे उड़ाने के लिए दौड़ पड़ते हैं, जबकि कोयल सभी को प्रिय होती है। लोग उसकी मीठी कूक के दीवाने होते हैं। फिल्मों के लिए उसकी आवाज को रिकार्ड करके रखा जाता है ताकि जरूरत पड़ने पर उस आवाज के प्रयोग से अतिरिक्त प्रभाव उत्पन्न किया जा सके। यह अंतर वाणी का अंतर है। मनुष्य जिस तरह की वाणी का व्यवहार करता है, उसकी तरह के परिणाम उसे भोगने पड़ते हैं। जिस प्रकार मधुर वाणी के प्रभाव से धन तथा मित्र आदि बनते चले जाते हैं, उसी प्रकार निर्मित होने वाले परिवेश में तथा हमें प्राप्त होने वाले समादर और सम्मान में वाणी की महत्त्वपूर्ण भूमिका है। वाणी जब अपने नकारात्मक रूप में प्रकट होती है तो जीत हार में बदल जाया करती है। मित्रों की पंक्ति में खड़े लोग शत्रु

हो जाते हैं, हमारे समस्त सुखों पर मनहूसियत तथा दुःखों के काले बादल मँडराने लगते हैं।

मधुर वचनों के प्रभाव को आँकते हुए ही तो कबीर ने कहा था—

'ऐसी वाणी बोलिए, मन का आपा खोए,
औरन को शीतल करे, आपहुं शीतल होए।'

हमारे व्यक्तित्व की छाप हमारी वाणी के माध्यम से औरों के मनः मस्तिष्क तथा हृदय पटल पर अंकित हो जाती है। बहुधा प्रभावशाली लोगों की वाणी दूसरों के जीवन का संबल बन जाती है। दूसरे शब्दों में कहा जाए तो एक तरह से समस्त कार्य-व्यवहार के मूल में वाणी का प्रभाव निहित रहता है। वाणी के बिना व्यवहार कठिन है।

सम्यक अर्थों में वाणी हमारे समूचे व्यक्तित्व तथा कृतित्व को तो अभिव्यक्त करती ही है, हमें अपनी अलग मौलिक पहचान भी प्रदान करती है। यही वजह है कि प्रिय तथा हितकारी वचनों को वाणी के तप की संज्ञा दी गई है। वाणी के तपस्वी व्यक्तियों का संपूर्ण व्यक्तित्व ताजा गुलाब की तरह महक उठता है, जिसे हर कोई पाना तथा अपनाना चाहता है। भगवान् श्री कृष्ण ने गीता उपदेश के वक्त अर्जुन को इसी मधुर वाणी को अंगीकार करने का संदेश दिया था—

'अनुद्वेगकरं वाक्यं सत्यं प्रियहितं च यत्।
स्वाध्यायाभ्यसनं चैव वाङ्‌मयं तप उच्यते॥'

(श्रीमद्‌भगवद् गीता 17/15)

कटुवचनों की चोट

कटुवचनों की चोट किसी हथियार से भी अधिक घातक होती है। शस्त्र की चोट अथवा घाव तो थोड़े समय में भरा भी जा सकता है। परंतु वाणी का प्रहार मनुष्य को सदैव सालता रहता है। शब्दों की महत्ता तथा उनकी अभिव्यक्ति के प्रभाव को स्पष्ट करते हुए कबीर कहते हैं।

'शब्द सम्हारे बोलिये, शब्द के हाथ न पाँव।
एक शब्द औषधि करे, एक शब्द करे घाव॥'

सभी लोग जानते हैं कि विध्वंस एवं विनाशकारी महाभारत के युद्ध में कटुवचनों ने प्रलयंकारी भूमिका निभाई थी। राजा धृतराष्ट्र के पुत्र दुर्योधन के लिए पांडवों की पत्नी द्रौपदी द्वारा कहे गए कटुवचन 'अंधे का पुत्र अंधा' ने समूचे परिवार को तहस-नहस करके लाखों लोगों को काल के गाल में पहुँचा दिया था। यही नहीं प्रतिकार के विकृत रूप में दुर्योधन ने भरी सभा में नंगी करके द्रौपदी को अपनी जाँघ पर बैठाने का प्रयास किया था, सो अलग''कभी-कभी सहज भाव से

कहे गए कटुवचन भविष्य में भारी अनिष्ट व आपत्तियों को बुला लाते हैं।

कटु वचनों का इस्तेमाल वाणी का दुरुपयोग है। यथा—

'कुदरत को नापसंद है, सख्ती जुबान में
पैदा हुई न इसलिए, हड्डी जुबान में।'

कटुवचन बोलने वाला दूसरों की भावनाओं को तो आहत करता ही है, स्वयं भी शांत होने पर जब विचार करता है तो उसे पश्चात्ताप होता है कि मैंने यह क्या किया, मुझे अमुक बात नहीं कहनी चाहिए थी। व्यक्ति को कभी भी कोई ऐसा कृत्य नहीं करना चाहिए, जिससे उसे बाद में पश्चात्ताप की अग्नि में जलना पड़े। प्रिय वचनों से हमारा अभिप्राय जबरदस्ती किसी की हाँ-में-हाँ मिलाते रहना नहीं है। प्रिय वचनों का अर्थ चाटुकारिता अथवा खुशामद भी नहीं है।

यहाँ यह बात ख्याल में ले लेना जरूरी है कि चाटुकारिता और खुशामद सदैव स्वार्थसिद्धि के लिए की जाती है। अनेक बार वह गलत तथा झूठी भी हो सकती है। अपने मतलब की पूर्ति के लिए किसी की प्रशंसा करना वाणी का तप नहीं कहा जा सकता है। यह वास्तव में वाणी का अपमान है। अतः हमें व्यवहार करते समय इस मूल-भूत अंतर का ज्ञान होना आवश्यक है।

'कीन्हें प्राकृत जन-गुन-गाना,
सिर धुनि गिरा लागि पछिताना॥'

(रामचरितमानस)

वस्तुतः प्रिय वचनों का प्रयोग सत्य भाषण की एक शैली है जबकि चाटुकारिता असत्य भाषण की प्रतिकृति।

क्या बोलें, कैसे बोलें?

'सत्य ब्रुयात् प्रियं ब्रुयात् न ब्रुयात् सत्यमप्रियम्।
प्रिय च नानृतं ब्रुयादेष धर्मः सनातनः॥'

(मनुस्मृति-4/138)

सदैव सत्य बोलें, प्रिय बोलें, किंतु ऐसी बात न कहें जो सत्य तो हो पर अप्रिय हो तथा जो प्रिय तो हो परंतु असत्य हो, उसे भी न कहे, यही धर्म संगत बात है।

वाणी के प्रकार

योग्य वाणी हमारे मनः, मस्तिष्क तथा स्वास्थ्य की आधारशिला है, जबकि अयोग्य वाणी हमारी मानसिक तथा शारीरिक व्याधियों की जन्मदात्री है। हमारे प्राचीन धर्म ग्रंथों में शास्त्र सम्मत वचनों के उपयोग को 'सम्यक योग' तथा शास्त्रों के विपरीत बोलने को वाणी का 'असम्यक योग' कहा गया है।

सम्यक योग : वाणी के सम्यक योग के अंतर्गत इस प्रकार के वचनों का प्रयोग आता है जो मधुर हों, अपना तथा दूसरों का हित करने में सहायक हों, परस्पर प्रीति तथा स्नेह का संचय करते हों। सम्यक योग ऐसी वाणी के उपयोग को वर्जित करता है जिससे कटुता बढ़ती है, जिससे संबंध परस्पर जुड़ने के स्थान पर टूट जाते हैं जिससे कलह पैदा होती है तथा जो शत्रुता को पैदा करती है। सम्यक योग इस सूत्र को भी स्थापित करता है कि हमें यथायोग्य परिस्थिति के अनुसार तथा आवश्यकतानुसार ही बोलना चाहिए।

असम्यक योग : वाणी के असम्यक योग के अंतर्गत इस प्रकार के वचनों का प्रयोग आता है, जो लोगों को प्रिय नहीं लगते। कटाक्ष भरी बातें, दूसरों को नीचा दिखाने की कोशिश के लिए किया जाने वाला वार्त्तालाप, असत्य, कटु तथा दुःख का विस्तार करने वाली बातचीत भी असम्यक योग का ही एक भाग है। इस तरह की वाणी औरों को परस्पर भिड़ाने का, चुगली का, वैमनस्य या बैर का भी कारण बनती है।

बहुत बार ऐसा देखा गया है कि कुछ कहना आवश्यक होने पर भी व्यक्ति चुप लगा जाता है या बेहद संक्षेप में अपना मंतव्य प्रकट करके बोलने की औपचारिकता पूर्ण कर

देता है। यह भी उचित नहीं है। यह वाणी का 'अल्पयोग' कहलाता है। अल्पयोग भी अनेक तरह की दिक्कतों को जन्म देता है। इसी का एक विपरीत योग यह भी होता है कि मनुष्य वाचाल हो जाता है।

□

शिष्टाचार
ऐसे द्वार खोल सकता है,
जिसे श्रेष्ठ शिक्षा भी नहीं
खोल सकती।

—केलेरेंस थॉमस

4

व्यक्तित्व के परिचायक हैं : हाव-भाव

समस्त मनुष्यों में शिष्टता एक अदृश्य खजाना है। *—अफलातून*

बहुत कम लोग इस सत्य को जान पाते हैं कि हमारे व्यक्तित्व विकास में हमारी शारीरिक क्रियाओं तथा हाव-भाव की एक महत्त्वपूर्ण भूमिका होती है। शारीरिक भाषा संचार का विशेष पक्ष है। यह भाषा हमारी स्वाभाविक तथा प्राकृतिक भाषा है, जो बता देती कि वास्तव में हम क्या हैं? हमारा शरीर मौन रहकर भी हमें औरों के सामने

अभिव्यक्त करता है तथा औरों की शारीरिक अभिव्यक्तियों को हमें बता करके उनके बारे में हमारी अवधारणा को मजबूती प्रदान करता है।

स्वाभाविक रूप से अभिव्यक्त होने वाली हमारी शारीरिक क्रियाएँ (बॉडी लैंग्वेज) हमारे द्वारा मौखिक रूप से प्रकट होने वाली भाषा से ज्यादा अहमियत रखती है। मौखिक शब्दों को चुनते वक्त हमें पूरी छूट रहती हैं, जबकि शरीर यह चालाकी नहीं कर पाता और सच उगल देता है। पश्चिम के देशों में शारीरिक भाषा पर बड़ा काम हो रहा है।

हमारे अपने देश में अभी यह विद्या नई है। हालाँकि फिल्मों, चित्रों, रंगमंच व अन्य माध्यमों से यह कला थोड़े बहुत घुमाव-फिराव के साथ सामने आती रही है। हम दूसरे व्यक्ति की शारीरिक अभिव्यक्तियों के माध्यम से उसके विचारों को परख सकते हैं। उसकी मानसिकता का अंदाज लगा सकते हैं तथा इससे पहले कि वह स्थिति शब्दों द्वारा हम तक पहुँचे, हम उसके आशय को भली-भाँति भाँप कर अपना निर्णय सुरक्षित कर सकते हैं। शारीरिक भाषा के माध्यम से मात्र दूसरों के ही बारे में अनुमान लगाया जा सकता हो ऐसा नहीं है। बहुत बार यह अपने आपको प्रभावपूर्ण रूप से पेश करने का साधन भी बन जाती है।

'व्यक्तित्व है ही क्या? आपके अपने विचारों, धारणाओं

तथा भावनाओं का फल। स्वयं अपने विषय में जैसे आपके संकेत रहते हैं, वे ही आपके व्यक्तित्व का निर्माण करते हैं। संभव है आपको प्रकृति ने एक आकर्षक व्यक्तित्व न प्रदान किया हो, किंतु इसमें संदेह नहीं कि आप संकेत द्वारा अपने व्यक्तित्व को ऊँचा उठा सकते हैं।'

—डॉ. रामचरण महेंद्र

क्या कहता है हमारा शरीर ?

शारीरिक भाषा विज्ञान के क्षेत्र में शोध करने वाले विशेषज्ञों की मान्यता है कि आँखों का, पलकों का जल्दी-जल्दी खुलना, आँखों को कड़ाई से बंद रखना, होंठों को भीतर की ओर खींचना अथवा होंठों को चबाना, ये समस्त लक्षण हमारे तनाव को प्रकट करते हैं। फड़फड़ाते होंठ, भिंचे हुए दाँत, कसकर बंद की गई मुट्ठी तथा शरीर में कंपकंपाहट हमारे क्रोध के बारे में बताते हैं।

किसी का इंतजार करते वक्त मेज, स्टूल, फर्श या अन्य किसी वस्तु पर उँगलियों से पियानो बजाने का उपक्रम हमारी व्यग्रता को अभिव्यक्त करता है। मनुष्यों के मध्य उपस्थित दूरी उनके आचरण को प्रभावित करती है। भीड़-भाड़ वाले स्थानों पर सफर में तथा कहीं टिकट खिड़की की लंबी लाइन में लगे व्यक्ति चिड़चिड़ेपन की भावना से ग्रसित हो जाते

हैं। यही वजह है कि जहाँ भीड़ होती है वहाँ हिंसक गतिविधियाँ सहजता से घटित हो जाती है। भारी जनसमुदाय द्वारा किए जानेवाले प्रदर्शनों की उग्रता तथा तोड़-फोड़ जैसी गतिविधियों में दिलचस्पी इसी का उदाहरण है।

'हमारा जीवन सब कलाओं से ऊपर है और मैं यह भी घोषित करता हूँ कि जो व्यक्ति जीवन में पूर्णता लाने का प्रयास करता है वह एक महान कलाकार है।'

—महात्मा गांधी

हाथ मिलाने का ढंग

प्रत्येक मनुष्य के इर्द-गिर्द जो स्थान होता है, तकनीकी रूप से इसे जोन कहा जाता है। हर मनुष्य इस जोन पर अपना स्वाभाविक अधिकार समझता है। जब इस स्थान पर वह अतिक्रमण होते देखता है तो स्वभावतः चिड़चिड़ेपन का शिकार हो जाता है। हाथ मिलाना आज की दुनिया में एक नया रिवाज है। आपने बहुत से व्यक्ति देखे होंगे, जिनके हाथ मिलाने के ढंग भी जुदा-जुदा होते हैं। बहुत से लोग ऊँगुली को टच करके हाथ मिलाते हैं। जबकि कुछ हाथ को बिलकुल ढीला छोड़ देते हैं या इतनी जोर से हाथ दबाते हैं कि सामने वाला कराह उठता है। सामान्यतः ढीला हाथ कमजोर इच्छाशक्ति तथा हल्के आत्मविश्वास को प्रदर्शित

करता है। जिस व्यक्ति को हाथ मिलाने की इच्छा नहीं होती फिर भी औपचारिकता पूरी करता है, वो अकसर ऊँगुलियों के किनारे से हाथ मिलाता है। जिंदादिल, आत्मविश्वास के धनी, कामयाब तथा खुशमिजाज इनसान पूरे जोशोखरोश व गर्म जोशी के साथ हाथ मिलाते हैं। जब भी हाथ मिलाएँ कुछ क्षणों तक उन्हें मिलाए रखना चाहिए।

लोगों की पहचान

वे लोग जिनके आत्मविश्वास में कमी होती है, जब खड़े होते हैं तो दरवाजे, फर्नीचर, दीवार या किसी चीज की मदद लेकर खड़े होते हैं। वार्त्तालाप करते समय हाथों को लगातार जेबों में डाले रखने वाले व्यक्ति नकारात्मक संदेश प्रकट करतें हैं।

बहुत से लोग एक पैर पर जोर देकर, कमर या कूबड़ सा निकालकर या पैरों को हिलाते हुए बातचीत करते रहते हैं। यह उचित नहीं। आत्मविश्वास दर्शाने हेतु सीधे खड़ा होना, चलना तथा सीधे बैठना अत्यंत आवश्यक है।

हाथों को क्रास बनाते हुए बाँधकर आगे रखना एक साधारण आदत है लेकिन यह सुरक्षात्मक अभिव्यक्ति है। जब हम इस स्थिति में होते हैं तो सामने वाले को बता रहे होते हैं कि हम नवीन प्रयोगों के लिए न तो तैयार हैं और

न ही हममें अपेक्षित उत्साह ही है।

वार्त्तालाप करते समय हाथों का बार-बार मुँह तक ले जाना यह दरशाता है कि या तो तथ्यों को छिपाया जा रहा है या जो कुछ हम कह रहे हैं वह वास्तविकता से परे है। वार्त्तालाप के दौरान जो व्यक्ति सामने वाले की ओर से नजरें फेर लेता है वो यह दर्शाता है कि सामने वाले की बात या वक्तव्य से उसकी सहमति नहीं है।

आँखों की जुबान

आँखें हमारे शरीर का बेहद महत्त्वपूर्ण अंग हैं। शारीरिक भाषा समझने के लिए आँखों की भाषा को समझना अत्यंत जरूरी हो जाता है। वे व्यक्ति जिन्हें आँखों की भाषा पढ़नी आती है वे बेहद जल्द सामने वाले व्यक्ति की मन:स्थिति के बारे में ताड़ लेते हैं। आँखों की भाषा समझने वाले व्यक्ति सहजता से सम्मुख बैठे व्यक्ति में विद्यमान जिज्ञासा, आश्चर्य, कामना, विश्वास, क्रोध तथा प्यार का एहसास कर लेने में सक्षम हो जाते हैं। फैली हुई, झुकी हुई, सामने वाले की आँखों में आँखें डालकर बात करने की शैली तथा सिकुड़ी हुई आँखें बहुत कुछ बता जाती हैं। शायद इसी सत्य से परिचित होकर किसी गीतकार ने लिखा होगा—'ये आँखें मेरे दिल की जुबान हैं' या 'अँखियों को रहने दे अँखियों के आस-पास।'

शारीरिक भाषा को पूर्णरूप से समझने के लिए शरीर के सभी अंगों पर ध्यान देना आवश्यक होता है। शरीर के किसी एक अंग विशेष द्वारा प्रेरित अभिव्यक्ति कई बार वास्तविकता से हटकर भी हो सकती है। शारीरिक भाषा को जानने से पूर्व स्थान, संस्कृति तथा निवासियों के रहन-सहन की भी जानकारी होना आवश्यक होता है।

क्या कहती हैं हमारी भाव-भंगिमाएँ?

प्रायः मनुष्य में कई दोषपूर्ण आदतें होती हैं, अनेक अवगुण होते हैं, जिनके कारण आदमी अपने लक्ष्य की ओर बढ़ नहीं पाता है क्योंकि इन अवगुणों से जीवनशक्ति क्षीण होती है। ऐसे अवगुणों एवं आदतों और स्वभाव को आप आत्म-संबोधन द्वारा ही दूर करने में सफल हो सकते हैं। अपने आपसे बात करने पर दोष दूर होने लगेंगे और आप अपनी दुर्बलताओं पर विजय प्राप्त कर देंगे।

अपने अवगुणों, अपनी बुरी आदतों के संबंध में आपको यह आत्म-संबोधन इस प्रकार करना चाहिए—'यह है वह बुरी आदत, जिससे मेरी शक्ति को नष्ट कर दिया है। इस अवगुण के कारण ही मैं अपने काम में इतना साहसी और उत्साही नहीं रह पाया।

इसी कारण मेरा स्वास्थ्य भी चौपट हुआ और इसी वजह

से मैं अपने काम में उतना सफल नहीं रहा, जितना मुझे होना चाहिए था। इस खराब आदत के कारण ही मैं अपने मन को वश में नहीं कर पाता, जैसा होना चाहिए। इसके कारण ही मेरी यह दीन-हीन अवस्था हो गई है। मैं अब निश्चय करता हूँ कि मैं इसका परित्याग कर दूँगा। अब से मैं उसे छोड़ रहा हूँ।'

आपको इसी आदत के संबंध में आत्म-संबोधन में यह भी कहना चाहिए—'इसी गंदी आदत के कारण मेरी जीवन बर्बाद हुआ और मैं दीन-हीन बना। इसी के कारण मैं लोगों की हँसी का पात्र बना और इसी की वजह से मैं दूसरों के मुकाबले पिछड़ता रहा, यद्यपि अन्य लोगों की अपेक्षा मुझ में अधिक योग्यता है, पर यह सब होते हुए भी वे लोग मुझ से बहुत अच्छा काम कर जाते हैं। भविष्य में मैं इस आदत से छुटकारा पा लूँगा। मुझे हर कीमत पर इनसे छुटकारा पाना जरूरी है। इसके शिकंजे से मुक्त होना जरूरी है।'

- मुँह में नाखून कुतरने वाले व्यक्ति सामने वाले से कुछ-न-कुछ छिपाकर बात करते हैं।
- कान, नाक व मुँह में उँगली डालते रहना तथा बातचीत करते समय ऐसे करना अशिष्टता का द्योतक है।

- बहुत से व्यक्ति अनजाने में कमर झुकाकर बैठते हैं तथा बाद में उम्र के साथ-साथ उनकी कमर स्वाभाविक रूप से झुकती चली जाती है। न सिर्फ स्वास्थ्य के दृष्टिकोण से, अपितु शिष्टता तथा सभ्यता की दृष्टि से भी यही उचित है कि हमेशा सीधे बैठें। रीढ़ की हड्डी सीधी रखते हुए बैठने वाला व्यक्ति अधिक ताजा, उत्साही व स्वस्थ प्रतीत होता है।
- बहुत से लोगों को दूसरे लोगों की शारीरिक क्रियाएँ दोहराने, तकिया कलाम को कहते रहने, नकल करने या हकलाने-तुतलाने की आदत होती हैं, लेकिन कई बार ये प्रवृत्तियाँ उनके स्वभाव में भी समाहित हो जाती हैं। हमें कभी भी अपना मूल स्वभाव नहीं खोना चाहिए।
- जब तक कि हमारे संबंध अत्यंत घनिष्ठ तथा अनौपचारिक न हो जाएँ हमें किसी के गले में, कमर में न तो हाथ डालना चाहिए और न ही हाथ पकड़कर खींचना चाहिए।
- भली प्रकार से साफ किए गए दाँत सामने वाले को प्रभावित करते हैं। मुँह से दुर्गंध खत्म करने के लिए 'माउथ फ्रेशनर' का प्रयोग करें।

- हाथ-पैरों के सभी नाखून हमें काटकर रखने चाहिए, गंदे व बेढंगे नाखून हमारे व्यक्तित्व के नकारात्मक पक्ष का परिचय देते हैं।
- नाक को साफ रखना चाहिए लेकिन किसी के सामने नाक में ऊँगुली डालना बेहद खराब आदत है।
- किसी भी बात को मना करने के अनेक तरीके हो सकते हैं और हर तरीके का अपना अलग अर्थ है। अतः पैने व्यक्तित्व वाले व्यक्ति को दूसरों की शारीरिक भाषा (बॉडी लैंग्वेज) भी पढ़ने का अभ्यास करना चाहिए। बहुत सी बातें 'नान-वर्बल' होती हैं।
- कहा गया है कि 'बुरी आदतों को उनकी प्राथमिकता अवस्था में ही कुचल देना चाहिए, क्योंकि जिस बुरी आदत से हम आज बच नहीं पा रहे हैं,' वह कल निश्चित तौर पर और भी प्रभावी होकर उभरेगी और यह सिलसिला दिन-ब-दिन बढ़ता ही चला जाएगा। अंततः लोग हमें अपमान व हिकारत की दृष्टि से देखेंगे और हम चाहकर भी सफल नहीं हो सकेंगे।

□

यदि किसी को जीतना है
तो उससे शिष्टाचार
से पेश आएँ।

—जॉश बिलिंग्स

5

औरों को भी स्वीकारिए

शिष्टता द्वारा ही चरित्र का निर्माण होता है। शिष्टता हमारी प्रगति के लिए संबल है।
–रवींद्रनाथ टैगोर

प्रशंसा के पुष्पों की सुगंध बेहद मोहक है। वे काम जो हमारे खजाने, सिफारिश तथा प्रभाव से नहीं हो पाते, प्रशंसा के दो शब्दों से सिद्ध हो जाते हैं। इस दुनिया में हर व्यक्ति का कार्य किसी दूसरे पर निर्भर है। प्रत्येक कार्य कोई भी व्यक्ति स्वयं नहीं कर सकता। उसके लिए उसे और लोगों के स्नेह, सहयोग व सहानुभूति की आवश्यकता होती है। साथी–सहयोगियों से काम लेने के लिए उन्हें साथ लेकर

चलना बेहद जरूरी है। यदि साथी–सहयोगी कार्य करने में सक्षम नहीं है, तो कार्य की गति धीमी तथा गुणवत्ता के ग्राफ में गिरावट तय है। उत्साह समाप्त होता जाता है, सो अलग!

समाज के घर, कार्यालय या बाहर हम कहीं भी और कभी भी काम कराना चाहें तो वह सहयोगियों के उत्साहवर्धन के बिना अपेक्षित लक्ष्यों को प्राप्त नहीं हो सकता। जो लोग यह सोचते हैं कि आलोचना करके वे सामने वाले को ठीक कर लेंगे, वे गलतफहमी के शिकार हैं, और कुछ नहीं। किसी को त्रुटियाँ या भूल में सुधार करने की तरकीब बताना आलोचना नहीं है। व्यक्ति को प्रेरित व प्रशंसित करके काम लिया जा सकता है।

व्यक्ति सामाजिक प्राणी है। वह मशीन नहीं है। वह भावनाएँ, प्रतिक्रियाएँ तथा विवेक रखता है, उसे चाबुक से नहीं हाँका जा सकता। प्रेम से समझाया तथा प्रशंसा से प्रेरित किया जा सकता है। लज्जित करके हम कभी किसी से अपनी बात नहीं मनवा सकते।

व्यक्ति के काम की तारीफ करने से वह प्रोत्साहित होता है। उसे लगता है कि मुझे अच्छा कार्य करना चाहिए ताकि सभी लोग मुझे सराहें। यह अच्छे नेतृत्व के लिए लाभदायक तत्त्व है। प्रत्येक अच्छे काम के लिए तारीफ करने

तथा गलती को सुधारने के लिए प्रेरित करने से सदैव सकारात्मक परिणाम सामने आते हैं। प्रत्येक मनुष्य में कार्य करने की अथाह ऊर्जा, शक्ति तथा सामर्थ्य होती है। इसकी तुलना में आमतौर पर परिणाम कम ही नजर आते हैं। सच तो ये है कि व्यक्ति अपनी मानसिक तथा शारीरिक क्षमता से बहुत कम कार्य करता है। तारीफ उसकी इसी सुप्त ऊर्जा को जागृत करने का कार्य करती है। इसके परिणाम अचूक हैं।

समाज में ऐसे बहुत से व्यक्ति हैं, जिन्हें अपनी बहुआयामी प्रतिभा के सही उपयोग का अवसर मिलता ही नहीं। बहुत से ऐसे भी हैं, जिन्हें आधा-अधूरा अवसर मिल भी जाता है तो वे समुचित प्रेरणा व प्रशंसा के अभाव में मंजिल से चंद कदमों के फासले पर ही थककर बैठ जाते हैं। मनोवैज्ञानिकों ने इस बात की पुष्टि की है कि न्यायसंगत अनुमोदन तथा सच्ची प्रशंसा हरेक व्यक्ति की उन्नति, भलाई तथा कुशलता के लिए बेहद जरूरी है। प्रत्येक मनुष्य अपने अच्छे कार्य की एवज में श्रेय की आकांक्षा पालता है। हर व्यक्ति अपने गुणों की मान्यता चाहता है। जब ऐसा नहीं होता तो हम निराश हो जाते हैं।

अपने मालिक की डाँट सुनकर, कारीगर तथा दोस्तों द्वारा बुराई किए जाने पर इनसान की यही मनोदशा होती है। यह अवस्था असहनीय होती है। इससे हमारे व्यवहार तथा व्यक्तित्व

में कड़वाहट घुलती है। निराशा के गर्त में धँसे व्यक्ति की सोचने-समझने की शक्ति प्रतिकूल हो जाती है।

आई.ए.आर.आई. के वैज्ञानिक डॉ. विनोद शाह की आत्महत्या के समाचार से सभी स्तब्ध रह गए थे। मरने से पूर्व उन्होंने जो 'सुसाइट नोट' लिखा था, उसका मजमून इस प्रकार था—'मेरी आत्महत्या को आत्म बलिदान समझा जाए। मैं मरना नहीं चाहता था लेकिन इसलिए यह कदम उठाने को मजबूर हुआ हूँ कि भविष्य में वैज्ञानिकों के साथ अच्छा सुलूक हो। लोग उनकी प्रशंसा करें।' जाहिर है डॉ. शाह एक ऐसे वैज्ञानिक थे जो न केवल अपने लिए बल्कि अपने सहयोगियों के लिए भी मान्यता चाहते थे।

विख्यात वैज्ञानिक नील्स बोर ने सोवियत संघ की विज्ञान अकादमी के भौतिक संस्थान का दौरा किया तो दोनों ओर से विज्ञान के विषयों में विचारों का स्वस्थ आदान-प्रदान हुआ। उस समय नील्स बोर दिग्गज भौतिकविद् माने जाते थे और उनके संस्थान में उच्च श्रेणी के मेधावी वैज्ञानिकों की लंबी कतारें थीं।

उनसे यह पूछा गया 'आपके साथ कार्यरत् सभी वैज्ञानिक उच्च श्रेणी के क्यों हैं?' बोर ने मुसकराते हुए जवाब दिया—'इसका एक कारण तो यह है कि मैं उनके छोटे-से-छोटे प्रयास की भी भरपूर प्रशंसा करता हूँ और दूसरे मैंने उनके

सामने यह स्वीकारने में कभी शर्मिंदगी अनुभव नहीं की कि मैं मूर्ख हूँ।'

'तुम उठो, बढ़कर गिरा दो, बीच की दीवार को।
देखना आँगन तुम्हारा दोगुना हो जाएगा॥'

प्रशंसा के लाभ

जिन मनुष्यों के प्रयत्नों को मान्यता नहीं मिलती अथवा जिन्हें घर, स्कूल, कार्यालय अथवा समाज में प्रशंसा प्राप्त नहीं होती, वे दबे-दबे से रहते हैं। उनका आत्मविश्वास विकसित नहीं होता। जिंदगी की कड़वी सच्चाइयों से आँखें चार करने का हौसला उनमें पैदा नहीं हो पाता। यदि उन्हीं लोगों की आप प्रशंसा करेंगे तो आप देखेंगे कि उनकी कार्य कुशलता कितनी परिष्कृत हो गई है।

हमारे दोस्त तथा प्रशंसक हमारे प्रति क्या करते हैं, यह जानने के लिए लोग तरह-तरह की विधियाँ इस्तेमाल करते हैं—यहाँ 'बर्टन ब्रेले' की एक कविता प्रस्तुत करने योग्य है—

'यश और धन से भी बेहतर है,
टीका-टिप्पणी सुखद व उज्ज्वल।
हार्दिक और गर्मजोशी भरा एक मित्र का समर्थन,
करता आनंदित जीवन हमारा।

बनाता हमें शक्तिशाली और बहादुर,
आखिर तलक देता हमें दिल और दिलासा।
अर्जित करे यदि वह प्रशंसा तुम्हारी, दे दो उसे,
यदि चाहते उसे तुम, चाहो अभी से।
करो प्रोत्साहित उसे तुम अभी,
ठहरो नहीं अंतिम क्षण तक
जब होगा पड़ा वह कब्र में,
पढ़ेगा कैसे समाधि-लेख तुम्हारा।'

प्रशंसा करने में हमेशा शीघ्रता कीजिए और बुराई करने में विलंब। इससे आपके व्यक्तित्व जीवन, परिवार तथा कार्यस्थल पर जो परिवर्तन होंगे, उन्हें देखकर आप चकित रह जाएँगे।

'सिडनी स्मिथ' कहा करते थे—'ख्याति भी एक पारितोषिक है, जिसकी प्राप्ति के लिए मनुष्य संघर्ष करते हैं। धन-संपत्ति की अपेक्षा ख्याति उससे दोगुने परिश्रम एवं बौद्धिकता को जन्म देती है। यह प्रतिभा का सिक्का है और प्रत्येक मनुष्य का अत्यावश्यक कर्तव्य है कि वह ईमानदारी एवं किफायत से इसको प्रदान करे।'

प्रोत्साहन का प्रभाव

प्रोत्साहन ऐसा संवेग है, जिसके परिणाम बेहद आशाजनक व दीर्घ निकलते हैं। विद्यालय जानेवाले बच्चों को अगर बार-बार ये अहसास कराया जाए कि उनमें क्षमता तथा प्रतिभा की कमी है या उन्हें रोज ताने दिए जाएँ कि 'अरे रहने दो.. तुम भला इस काम को क्या खाक करोगे...?' तो वे खुद को दीन-हीन मान बैठते हैं। परंतु अगर उन्हें बताया जाए कि वे अपना काम कर सकने में सक्षम हैं तथा कोई भी विषय ऐसा नहीं है, जिसमें उन्हें मुश्किल होगी, तो वे आत्मविश्वास से उस विषय को समझने तथा उसकी गहराई तक जाने का यत्न करेंगे।

प्रशंसा, पुरस्कार अथवा किसी और तरह से उन्हें प्रोत्साहित किया जा सकता है। यही माहौल कार्यालय अथवा घर में भी बनाया जा सकता है। इसका एक फायदा यह भी होगा कि संबंधित व्यक्ति स्वयं को साबित करने के लिए अपनी प्रतिभा व क्षमता का पूर्ण प्रयोग करेगा। परिणामस्वरूप कार्य की क्वालिटी तथा क्वांटिटी में निश्चित रूप से इजाफा होगा। डर या दबाव में आकर व्यक्ति काम की औपचारिकता तो पूर्ण कर सकता है लेकिन कभी भी अपना 'सर्वश्रेष्ठ' कार्य नहीं दे सकता, इसके लिए हमें प्रशंसा रूपी रामबाण का सहारा लेना होगा।

प्रोत्साहित करने का एक तरीका यह भी है कि गलतियों को बिना वजह तूल न दें और न ही उन्हें बढ़ा-चढ़ा कर देखा करें। हमारी कोशिश रहनी चाहिए कि गलती को किस तरह से सुधारा जा सकता है। अगर गलती को अनावश्यक तूल दिया जाएगा तो हो सकता है कि व्यक्ति विशेष के मन मे ऐसी कोई गाँठ पड़ जाए कि वह नकारात्मक रास्ता अख्तियार कर ले।

उसका आत्मविश्वास खो सकता है, वह आपको अपना शत्रु मानकर चल सकता है और मौका पड़ने पर आपको चोट भी दे सकता है।

वास्तविकता तो यह है कि गलती किसी से भी हो सकती है। सकारात्मक रवैया अख्तियार करने पर व्यक्ति अपनी गलती से सबक लेता है। हमें अपने साथी, सहयोगी, मित्र अथवा कर्मचारी की इसी क्षमता को उभारना चाहिए। यही नहीं जहाँ तक संभव हो, कभी किसी की अन्य से तुलना न करें। तुलना करते वक्त हमारी अवधारणा रहती है कि हम अमुक व्यक्ति को यह अहसास करा सकें कि वह भी औरों की तरह सुधरने की कोशिश करे। परंतु सामान्य रूप से इसका उलटा ही नतीजा निकलता है।

तुलना से व्यक्ति खीझता तथा क्रोधित होता है। कई बार वह हीन भावना का भी शिकार हो जाता है। प्रत्येक

व्यक्ति अपने आप में मौलिक और विशिष्ट होता है। उसके कार्य करने का तरीका, योग्यता तथा क्षमताएँ अपनी निजी होती हैं। अतः प्रत्येक व्यक्ति को उसकी स्वयं की विशिष्टताओं के परिप्रेक्ष्य में देखने से ही हम बने रह सकेंगे हर दिल अजीज। हमें यह ध्यान रखना चाहिए कि दूसरों को नीचा दिखाने या बहसबाजी करने में हम अपनी बात को मनवा तो सकते हैं, लेकिन सामने वाले व्यक्ति को हमेशा के लिए खो देते हैं। एक प्रसिद्ध चित्रकार कारेजियो केवल शोक के आवेग से ही मर गया। उसका एक चित्र डिसडेन चित्रशाला की बहुमूल्य निधि माना जाता था, लेकिन उसे उस चित्र का मूल्यं केवल चालीस डकेटस प्राप्त हुआ और इस आघात को न सह पाने के कारण ही उसकी मृत्यु हो गई।

अंग्रेजी का प्रसिद्ध कवि कीट्‍ज भी अपनी कविता की आलोचना सहन न करने के कारण मर गया। इस प्रकार के अनेक उदाहरण दिए जा सकते हैं जब व्यक्ति शोक के आघात से मर गया। प्रेम में असफल होने पर निराशा से मर जानेवाले लोगों के भी अनेक उदाहरण दिए जा सकते हैं। इस प्रकार अत्यधिक प्रसन्नता अथवा आकस्मिक हर्ष का भी बड़ा तीव्र आघात होता है।

□

शिष्टाचार से
आप अपने शत्रु को भी
जीत सकते हैं।

—जॉश बिलिंग्स

6

शिष्ट वार्त्तालाप के प्रभाव

दरिद्रता धीरता से शोभित होती है, स्वच्छता से कुवस्त्र अच्छा लगता है, कुअन्न उष्णता से अच्छा लगता है, कुरूपता शिष्ट वार्त्तालाप से शोभा देती है। **—चाणक्य**

विद्यार्थी जीवन से लेकर विशालकाय कंपनियों के उच्चतम पदों तक जो कुछ भी हम देखते हैं, वह सफलता की लंबी दास्तानों को अपने भीतर समेटे हैं। हमारी कामयाबी में दो तत्त्वों की महत्त्वपूर्ण भूमिका होती है—एक तो हमारे भीतर आत्मविश्वास लबालब भरा हुआ हो और दूसरे इस आत्मविश्वास की झलक हमारे वार्त्तालाप तथा

विचारों की अभिव्यक्ति के दौरान प्रदर्शित हो। आज तीव्र गति से प्रगति पथ पर आरूढ़ दुनिया में पेशेवर सफलता के लिए यह अत्यंत आवश्यक हो गया है कि हम अपनी बात औरों को प्रभावपूर्ण तथा विश्वसनीय ढंग से समझा सकें। हम जो भी जितना भी जानते तथा मानते हैं उसे प्रभावशाली ढंग से दूसरों को हमें समझाने, बताने की कला आनी ही चाहिए। इस दुनिया में कामयाब लोगों की फेहरिस्त पर आप नजर डालेंगे तो पाएँगे कि अधिकांश व्यक्तियों में प्रभावपूर्ण ढंग से वार्त्तालाप के गुण थे।

आज दुनिया संचार व सूचना क्रांति के दौर से गुजर रही है। कम्युनिकेशन का क्षेत्र निरंतर व्यापक व विस्तृत होता जा रहा है। नई–नई तकनीकों के समावेश, इलेक्ट्रॉनिक माध्यमों का बढ़ता प्रभुत्व, प्रत्येक क्षेत्र में निजी सेक्टरों की दिनों–दिन होती मजबूती तथा किसी भी उत्पाद अथवा सेवा की बाबत जन–जागृति बढ़ाने की जरूरतों ने संचार की दुनिया में क्रांतिकारी परिवर्तन किए हैं। आज हर क्षेत्र में प्रत्येक चीज की एक सकारात्मक तस्वीर पेश करनी होती है। जीवन के कर्म क्षेत्र में हमें अन्य लोगों से तादात्म्य स्थापित करना होता है। आवश्यकता इस बात की है कि प्रभावी वार्त्तालाप के हुनर को आप अपनी जीवन शैली का अभिन्न अंग बना लें।

वे लोग जो नेतृत्व के महत्त्वपूर्ण दायित्व से जूझ रहे हैं, उनके लिए तो प्रभावशाली बातचीत वरदान सरीखी है। 'आर्ट आफ परफेक्ट कम्युनिकेशन' के बिना उनकी कामयाबी अधूरी है। ध्यान रखिए आप क्या हैं, कैसे हैं इसका वास्तविक मूल्यांकन बातचीत से एकदम हो जाता है।

'विचार कभी व्यर्थ नहीं जाते। वह तत्काल सफल हों, यह जरूरी नहीं है। कोई विचार शताब्दियों के बाद आकार लेता है और कोई-कोई विचार जल्दी ही साकार बन जाता है। हम आस्था के साथ, दृढ़ निश्चय के साथ अच्छा विचार करें। उसकी सफलता में संदेह नहीं करें।'

—आचार्य श्री महाप्रज्ञ

शब्दों का चयन

शब्दों की दुनिया बड़ी विचित्र है। शब्दों की हमारे जीवन व कार्य- व्यवहार में बहुत ही महत्त्वपूर्ण भूमिका है। शब्दों के बिना हमारा गुजारा संभव ही नहीं। हम किसी भी देश, भाषा व परिवेश के क्यों न हों, प्रतिपल जब भी जो भी हम कहना चाहते हैं वह शब्दों द्वारा ही संभव हो पाता है। हमें बातचीत करने के लिए कम-से-कम दो लोगों की जरूरत होती है, एक तो हम स्वयं और दूसरा वह जिससे बात करना चाहते हैं।

प्रभावी, उद्देश्यपूर्ण तथा सफल बातचीत को वार्त्तालाप की संज्ञा दी गई है। संचार का शाब्दिक अर्थ है 'कम्युनिकेशन'। अंग्रेजी में वार्त्तालाप के लिए भी यही शब्द इस्तेमाल में लाया जाता है। यह लेटिन के 'कम्युनिस' शब्द से बना है, जिसका तात्पर्य बाँटने से है। अर्थात् आपस में विचारों का बँटवारा (आदान-प्रदान) ही वार्त्तालाप है। जब यह आदान-प्रदान सफल नहीं हो पाता तब सुनने वाला कहने वाले की मंशा नहीं समझ पाता और इसकी सबसे बड़ी वजह हमें अपने भावों को सटीक रूप से व्यक्त करने के लिए उचित शब्दों का नहीं मिल पाना है। बहुत से लोग होते हैं कि नीरस व मामूली से विषय को भी अपनी लफ्फजी से इतना सँवार देते हैं कि श्रोता मंत्र-मुग्ध हो उन्हें सुनते ही रह जाते हैं। जबकि ऐसे लोगों की कमी नहीं जो महत्त्वपूर्ण विषय पर भी ऐसी उलट बाँसी करते हैं कि बस···सब गुड़-गोबर हो जाता है।

मेरे शब्द ऊपर उड़ जाते हैं किंतु मेरे विचार पृथ्वी पर ही रह जाते हैं। शब्द बिना विचारों के कभी स्वर्ग नहीं जा सकते।

—शेक्सपियर

होशपूर्वक बोलिए

कार बनाने वाली कंपनी का एक मैनेजर गाड़ी खरीदने

शो रूम पहुँच एक खरीदार से जिज्ञासा प्रकट करता है, 'आप क्या सोचते हैं आपकी नई कार कैसी होनी चाहिए?' 'दिखने में अच्छी हो!' कॉलेज में पढ़ रही बिटिया का जवाब था।

'भरोसे मंद हो।' पत्नी बोली।

'मेरा किशोर बेटा।' पिता का जवाब था।

बहुत से मौके आते हैं जब जवाब अपने मायने खो देते हैं। ऐसा इसलिए होता है कि सवाल बेतुके जो होते हैं। बगैर सोचे-समझे किए गए सवाल का जवाब भी वैसा ही होगा।

एक राजमार्ग पर टूट-फूट सुधारी जा रही थी। अतः उधर से गुजर रहे ट्रक ड्राइवर ने अपना रास्ता बदल लिया। आगे सँकरा पुल था। वहाँ ट्रक फँस गया। उधर से गुजर रहे एक आदमी ने पूछा—'क्या तुम फँस गए हो?'

झल्लाते हुए ड्राइवर ने कहा 'जी नहीं, मुझे यह पुल किसी के घर तक पहुँचाना था, लेकिन घर का पता नहीं मिल रहा है।'

एक अन्य उदाहरण भी इसी शृंखला की एक कड़ी है। एक व्यक्ति लाइब्रेरी पहुँचा तथा पढ़ने के वास्ते एक अच्छी किताब माँगने लगा। लाइब्रेरियन ने पूछा 'कोई हल्की-फुल्की किताब चाहिए या भारी?'

'इससे कोई फर्क नहीं पड़ने वाला, मेरी कार बाहर

खड़ी है।' आगंतुक का जवाब था।

इस तरह के मजेदार किस्सों पर पूरी-की-पूरी किताबें लिखी जा सकती हैं, जब कहने वाला कुछ कहता है और सुनने वाला कुछ और सुनता है।

एक युवक बस में यात्रा कर रहा था। संभवतः उसे जुकाम था। अतः वह बार-बार छींकता जा रहा था। उसी से सटी एक मॉर्डन महिला बैठी थी। उसे झल्लाहट हुई। गुस्से में तमतमाते हुए उसने सवाल दागा—'क्या तुम्हारे पास रूमाल नहीं है?'

'है, मगर मैं किसी को उधार नहीं देता।' युवक ने कहा।

कहने की कला

प्रेम के शब्द चाहे कितने ही विलंब से और किसी प्रकार भी व्यक्त किए जाएँ, सदैव सर्वश्रेष्ठ होते हैं।

—जोनावेली

बातचीत की दुनिया में बहुत बार ऐसा होता है कि हम वह कह ही नहीं पाते, जो हम कहना चाहते हैं। कई बार ऐसा भी हो जाता है कि जो कहा होता है, उसको उस ढंग से नहीं समझ पाते जैसा हम चाहते हैं। एक प्राचीन

कहावत है कि कुछ भी बोलने से पूर्व मन-ही-मन पाँच तक गिनती गिनें। दूसरे की बात को ठीक से समझने का प्रयत्न करें तथा मन-ही-मन दस तक गिनकर जवाब दें। जब हम सोचे-विचारे बिना मुँह खोलने हैं तो बहुत बार भयंकर स्थिति में फँस जाते हैं। बहुत बार हमारे जवाब इस तरह के होते हैं, जिनका वास्तविक बात से कोई संबंध होता ही नहीं।

कहने की कला में पारंगत होना एक दुर्लभ गुण है, जो दूसरों पर हमारे व्यक्तित्व की प्रभावशाली छाप छोड़ता है। हमारे वचन ही हमें दूसरों का मित्र तथा शत्रु बनाने में कारगर भूमिका अदा करते हैं। कबीर इसी बात को अपने ढंग से कहते हैं-

'ऐसी बानी बोलिए, मन का आपा खोय,
औरन को शीतल करै, आपहुँ शीतल होय।'

एक सार्जेंट का किस्सा है। उसने एक कॉरपोरल से पूछा—'तुम्हारा नाम क्या है?'

'रॉबर्ट जोंस' जवाब मिला।

'जब मुझसे बात किया करो तो 'सर' लगाकर किया करो' सार्जेन्ट ने दहाड़ते हुए कहा।

'चलो फिर से कोशिश करके देखते हैं। तुम्हारा नाम

क्या है कॉरपोरल?'

'सर रॉबर्ट जोंस।'

अब क्या कहेंगे आप?

"वार्त्तालाप के दौरान क्रूरतापूर्वक बात नहीं करनी चाहिए। वचन रूपी बाण मुँह से निकलते हैं और उनसे बिंध कर मनुष्य रात-दिन शोक मग्न रहता है। इसलिए जो वचन सामने वाले को उद्वेग पहुँचाते हों, उन्हें कदापि नहीं बोलना चाहिए। बाणों से बिंधा हुआ और फरसे से कटा हुआ वन तो फिर से अंकुरित हो जाता है, किंतु कटुवचन रूपी शस्त्र से किया हुआ भयंकर घाव कभी भी भरता नहीं।"

अब बताइए क्या करेंगे आप, जब ऐसी स्थिति हो? हमारे बहुत से कार्य अपनी गुणवत्ता के दृष्टिकोण से फेल नहीं होते। वे असफल हो जाते हैं, इसलिए कि हम उन्हें प्रभावशाली ढंग से प्रस्तुत करने की कला जानते ही नहीं।

जॉर्ज बर्नार्ड शॉ ने एक बार छह पृष्ठीय एक पत्र लिखते हुए क्षमा माँगी थी। उन्होंने लिखा था— 'मैं छोटा पत्र लिख रहा था, मेरे पास समय नहीं था।' मोटे तौर पर इस कथन में विरोधाभास लगता है' परंतु सत्यता यही है कि हमें कम शब्दों में अधिक बातें लिखने में कहीं अधिक वक्त लगता है, जबकि अनर्गल बातों से भरपूर छह पन्ने हम कम समय में लिख लेंगे।

यह सिद्धांत मात्र लिखने के संबंध में ही नहीं अपितु बोलने के संबंध में भी लागू होता है।

बहुत से लोग जो अपने-अपने क्षेत्रों में सिरमौर होते हैं लेकिन जब बोलते हैं तो कोई भी प्रभावित नहीं होता। ऐसा इसलिए होता है कि कुछ बोलने या लिखने से पहले लोग सोचते या तैयारी करने की कोई जरूरत नहीं समझते।

हमारे धर्मग्रंथों में शब्दों की महत्ता को निरूपित करते हुए कहा गया है कि शब्द छोटे-छोटे तीरों की भाँति होते हैं, उन्हें न तो नियंत्रित किया जा सकता है और न ही छोड़े जाने के बाद वापस लौटाया जा सकता है। अतः कुछ भी बोलने से पहले कुछ सूत्रों को ध्यान में रखेंगे तो आपका वार्त्तालाप प्रभावी होगा।

- आप जो कहना चाहते हैं, एक बार उस पर मन-ही-मन विचार कर लें।
- अपनी बात के महत्त्व को सही परिप्रेक्ष्य में समझने की कोशिश करें।
- ध्यान रहे, जो बात जरूरी हो वही करें, व्यर्थ की बातों में समय गँवाना बेवकूफी है।
- आप अपनी बात को किस तरीके से कहते हैं, इस पर भी ध्यान दें।
- आप जो भी कहना चाहते हैं, संक्षेप में कहें।

- वार्त्तालाप करते समय बोलें कम और सुने ज्यादा।
- प्रभावी व्यक्तित्व की सबसे बड़ी विशेषता यह होती है कि उन्हें बोलने से ज्यादा काम करके दिखा देने में भरोसा रहता है। जो उन्हें औरों से अलग करता है तथा सफलता के समीप पहुँचाने में मददगार साबित होता है।
- यह भी ध्यान रखिए कि आपका वार्त्तालाप सहज व स्वाभाविक हो, जिस बात पर आप सहमत नहीं भी हैं, उस पर भी धैर्य व विनम्रता से अपना एतराज दर्ज कराना चाहिए।
- सामने वाला जिस भाषा में वार्त्तालाप कर रहा है, आपको भी शिष्टाचार वश उसी भाषा में बात करनी चाहिए।

□

शिष्टाचार दर्पण के समान है, जिसमें मनुष्य अपना प्रतिबिंब दिखाता है।

—जॉश बिलिंग्स

7

विचार, वाणी और अभिव्यक्ति

शिष्टाचार दर्पण के समान है, जिसमें मनुष्य अपना प्रतिबिंब दिखता है। **—गेटे**

विचार और शिष्टाचार का चोली–दामन का साथ है। विचार अर्थात् मनुष्य के अंतर्द्वंद्व; वह क्या सोचता है, अपने लिए, दूसरों के लिए, स्वयं की सफलता के लिए आदि।

सद्विचार शिष्टाचार के द्योतक

मनुष्य के विचार उसकी सफलता में महत्त्वपूर्ण भूमिका निभाते हैं। अच्छे विचार उसे सफलता की ओर ले जाते हैं, वहीं बुरे विचार असफलता की ओर। सफलता पाने में विचारों

का अत्यधिक महत्त्व है। किसी भी कार्य को करने से पहले मनुष्य विचार-विमर्श अवश्य करता है; किंतु सिर्फ वही मनुष्य, जो सफलता प्राप्त करना चाहता है। अन्यथा बिना विचारे जो कार्य किया जाता है वह मुसीबत ही खड़ी करता है। कवि के शब्दों में—

"बिना विचारे जो करे, सो पाछे पछताय।
काम बिगाड़े आपनो, जग में होत हँसाय।।"

जयशंकर प्रसाद ने 'अजातशत्रु' नामक नाटक में कहा है कि—

"दूसरे के मलिन कर्मों को विचारने से भी मनुष्य पर मलिन छाया पड़ती है।"

अतः यदि कोई मनुष्य दूसरों के गलत कार्यों पर विचार करता है तो उसके मन में भी गलत विचार आ सकते हैं, लेकिन जो व्यक्ति उन गलत विचारों से सीख लेकर उन्हें छोड़ देता है, वही अच्छे आचार-विचार वाला होता है।

बिना विचारे कार्य करने पर पछतावे के अतिरिक्त कुछ हासिल नहीं होता। विचार-विमर्श करके किया जाने वाला कार्य इच्छा पूर्ण करता है।

एक बार की बात है, एक जमींदार को धन की आवश्यकता थी। जमींदारी समाप्त हो चुकी थी, इसलिए गाँव में अब वह केवल अपने खेत का ही मालिक था। वह नगर

सेठ के पास पहुँचा और धन की माँग की। सेठ ने कहा कि "भाई! मैं एक व्यापारी हूँ। तुम्हारा खेत पहले ही मेरे पास गिरवी रखा है। अब गिरवी रखने के लिए तुम्हारे पास कुछ नहीं है। मैं धन कैसे दूँ।"

जमींदार बोला कि "सेठजी! मैं दो वर्ष में आपका सारा धन चुकाकर अपनी जमीन वापस ले लूँगा। मैं शहर जा रहा हूँ कमाने। सेठ बोला कि "कुछ-न-कुछ तो गिरवी रखना ही पड़ेगा।"

जमींदार बोला कि "मेरे पास मेरा यह कुत्ता है। इसे रख लो। यह वफादारी से तुम्हारे पास रहेगा।"

सेठ ने जमींदार की बात मान ली और उसे इच्छित धन दे दिया। जमींदार अपने कुत्ते को समझाकर गाँव के मकान में ताला लगाकर शहर चला गया।

एक दिन सेठ को किसी कार्यवश गाँव से बाहर जाना पड़ा। कुत्ते को घर की रखवाली के लिए छोड़कर वह चला गया। उसी रात सेठ के घर डकैती पड़ी। कुत्ता असमंजस में कि किसे खबर करे। जब डकैतों ने सेठ का धन समेटा और चल दिए तो कुत्ता भी उनके पीछे-पीछे चल दिया।

डकैतों ने जंगल में गड्ढा खोदकर सारा धन छिपा दिया। कुत्ते ने सब देखा और चुपचाप वापस आ गया।

सेठ लौटा। घर में डकैती पड़ी देखकर वह दुःखी हो

गया। उसने सोचा, कुत्ता बड़ा नमकहराम है। फिर वह कुछ करता इससे पहले ही कुत्ता उसकी धोती पकड़ कर खींचने लगा। सेठ समझ गया कि वह कुछ संकेत कर रहा है। वह अपने साथियों के साथ उसके पीछे-पीछे गया।

कुत्ता जंगल में पहुँचा और उस स्थान को खोदने लगा। सेठ ने उस स्थान को खुदवाया तो उसे अपना सारा धन वापस मिल गया। वह कुत्ते की वफादारी से बहुत प्रसन्न हुआ और उसे बहुत प्यार करने लगा।

दो वर्ष बाद जमींदार भी शहर से धन कमाकर वापस आ गया। उसने सोचा, 'कल वापस जाकर सेठ से जमीन और अपने कुत्ते को छुड़वा लूँगा।'

इधर, सेठ ने सोचा, 'आज दो वर्ष पूरे हो गए। इस कुत्ते ने बड़ी वफादारी से मेरी सेवा की। अतः जमीदार की जमीन और इस कुत्ते को गिरवी रखने पर जो धन जमींदार को दिया था, वह मैं माफ करता हूँ। यह सब उसने एक कागज पर लिखकर कुत्ते के गले में लटका दिया और कहा कि "जा भई, अब तू आजाद है। तूने मेरी बहुत सेवा की। अब सीधा अपने मालिक के यहाँ जाना।" कुत्ता दौड़ा अपने मालिक जमींदार के घर की ओर।

इधर, सेठ का कर्ज चुकाने के लिए जमींदार घर से निकल ही रहा था कि तभी दूर उसका कुत्ता आता दिखाई

दिया। उसने सोचा कि "यह कुत्ता बड़ा नमकहराम है। इसने सेठ के सामने मुझे बेइज्जत करवा दिया और वहाँ से भाग आया।" उसने अच्छे-बुरे का विचार किए बिना क्रोध में भरकर बंदूक उठाई और बेजुबान जानवर को गोली मार दी। कुत्ता तड़पकर वहीं गिर पड़ा। जमीदार की नजर उसके गले में लटकी चिट्ठी पर पड़ी। चिट्ठी पढ़कर उसके पैरों के नीचे से जमीन खिसक गई।

यहाँ दो बातें सामने आईं। एक तो यह कि जब सेठ का घर लुट गया था तब उसे कुत्ते पर क्रोध तो आया, लेकिन उसके मन में ऐसा विचार नहीं आया कि उसे मार-पीट कर भगा दे। दूसरी ओर जमीदार ने बिना विचार किए, बिना स्थिति का पता किए कुत्ते को गोली मार दी और वफादार साथी से हाथ धो बैठा।

कवि के शब्दों में—

शिष्टाचार,
सभ्य जीवन का आधार,
भला क्या है उसमें?
उसका सही रूप पाते हैं किसमें?
जिसके पास सबसे बड़ा झूठ-फरेब है,
वह ऐसा है जैसा अंदर से सड़ा,
ऊपर से लाल सेब है।

.... क्यों?

इसका भी जवाब लो।

एक व्यक्ति निरभिमानी,

जी हाँ, शिष्टाचार का धनी।

कोई पढ़ सकता पढ़ ले उसका मन,

क्या सचमुच उसमें नहीं अभिमान?

है, मगर फिर भी वह शिष्ट है,

और यह समाज उससे नहीं रुष्ट है,

जो दिल की बात छिपा झूठ में खुद को तुच्छ कहता है,

और यह समाज दिल खोलकर रखनेवालों से रुष्ट रहता है।

एक व्यक्ति निःस्वार्थी,

शिष्ट और परमार्थी।

क्या है उसमें परमार्थ सही?

क्या सचमुच उसमें स्वार्थ नहीं?

निःस्वार्थी बनने पर समाज में मिलती इज्जत का भी नहीं?

उस लोक में जाने पर ईश्वर की मोहब्बत का भी नहीं?

बेशक यह भी है खुदगर्जी,

पर समाज के लिए ये है इनसानियत की मरजी।

लेकिन... फिर भी

यह शिष्ट आचार है,

सभ्य जीवन का आधार है,

बगैर इसके जीवन निराधार है,
एक हद तक सत्य का बलिदान है,
फिर भी मानते आए हैं,
और जबरदस्ती भी मानना पड़ेगा,
शिष्टाचार महान् है।

जयशंकर प्रसाद ने कहा है कि—

"विचार और विवेक कभी न छोड़िए। चाहे किसी के प्राण ले लीजिए, परंतु विचार करके।"

अतः किसी के प्राण भी लेने पड़ जाएँ तो विचार अपने विवेक से कीजिए कि मैं इसके प्राण लूँ तो क्यों? मेरे लिए यह अच्छा है अथवा बुरा? लेकिन यहाँ विचार करके प्राण लेने का तात्पर्य यह नहीं है कि प्राण ही ले लिये जाएँ।

सफलता प्राप्त करने के लिए आवश्यकता है कि मनुष्य के विचार अच्छे हों; उसके विचार भटके नहीं। जब मन इधर-उधर भटकेगा तो विचार भी भटकेंगे और गलत विचार जैसे ईर्ष्या, क्रोध, घृणा आदि मन में जगह बना लेंगे। क्योंकि गलत विचार किसी भी मनुष्य को बहुत जल्दी अपनी गिरफ्त में ले लेते हैं और यदि जल्दी ही उनसे छुटकारा नहीं पाया जाता तो वे मनुष्य को असफलता की ओर ले जाते हैं। इन सब विचारों से उत्पन्न होती है चिंता, जो मनुष्य को खोखला बनाती जाती है। चिंता चिता समान होती है। इसलिए चिंता

को पनपने नहीं देना चाहिए। अन्यथा वह बहुत जल्दी ही चिता का रूप ले लेती है।

जो मनुष्य ऐसे विचारों की गिरफ्त में आने के बाद यदि जल्दी उनसे छुटकारा नहीं पाता है या नहीं पा सकता तो यह समझना चाहिए कि वह उन विचारों का गुलाम हो गया है। आज लोग पान, तंबाकू, गुटका, सिगरेट आदि व्यसनों का धड़ल्ले से उपयोग कर रहे हैं। जब उनसे पूछा जाता है कि "भाई! यह व्यसन क्यों अपना रखे हैं, छोड़ क्यों नहीं देते?" तो उनका एक ही जवाब होता है कि क्या करें छूटते नहीं हैं।" क्या यह सही है? नहीं। बात यह नहीं है। बात केवल इतनी-सी है कि वे इन आदतों, इन व्यसनों के गुलाम बन चुके होते हैं। वे इन्हें स्वयं ही छोड़ना नहीं चाहते अन्यथा यदि वे दृढ़ निश्चय कर लें तो इन्हें सरलता से छोड़ सकते हैं।

इसी प्रकार जब मनुष्य कुविचारों की गिरफ्त में आ जाता है तो वह यही कहता है कि बड़ी चिंता की बात है; क्या करें, क्या न करें? कुविचारों का वह भी गुलाम हो जाता है, लेकिन वह इन कुविचारों से छुटकारा पा सकता है। यह कोई मुश्किल कार्य नहीं है। अच्छी पुस्तकें, मनोरंजन, परिवार आदि में मन लगाकर वह इन विचारों से बच सकता है। किसी भी परिस्थिति में हमें व्यसनों का गुलाम नहीं होना चाहिए। और जैसी परिस्थिति हो उसे उसी प्रकार से निबटाया जाना चाहिए

जो उस समस्या या परिस्थिति के लिए आवश्यक हो।

यह समस्या पैदा करने वाला है मन। मन ही है जो अच्छे-बुरे विचारों को अपने अंदर स्थान देता है। मन को वश में करके ऐसे विचारों को जगह बनाने से पहले ही नष्ट किया जा सकता है। केवल अच्छे विचारों को अपनाना चाहिए।

यह आवश्यक नहीं है कि मनुष्य पढ़ा-लिखा होगा तभी उसके मन में अच्छे विचार आएँगे। एक निरक्षर के मन में भी विचारों की हलचल होती रहती है। इसलिए वह भी अच्छे-बुरे विचारों का ज्ञान रखता है। सभी के अपने अलग-अलग विचार होते हैं। बहुत से ऐसे व्यक्ति भी देखे जा सकते हैं जिनके विचार आपस में मेल भी खाते हैं।

मनुष्य के उच्च एवं अच्छे विचार जहाँ उसे समाज के लिए प्रेरणा के तौर पर स्थापित करते हैं, वहीं इसके विपरीत कुविचार मनुष्य को राक्षसी प्रवृत्ति का बना देते हैं। अच्छे विचार सिर्फ स्वयं के लिए ही नहीं, अपितु दूसरों के लिए भी लाभदायक हो सकते हैं; क्योंकि अच्छे विचार अच्छी शिक्षा ही देंगे।

किसी ने कहा है कि—

"आपका प्रत्येक विचार आपके भविष्य का निर्माता है। भले ही वह विचार शुभ हो अथवा अशुभ।"

अत: यदि आपके विचार शुभ होंगे तो वे आपको सफलता की ओर ले जाएँगे और अशुभ विचार आपको असफलता की ओर ले जाएँगे। वस्तुत: आपका भविष्य आपके शुभाशुभ विचारों पर टिका होता है। अब यह मनुष्य को स्वयं निर्णय करना होता है कि वह सफलता प्राप्त करना चाहता है अथवा असफलता।

जयशंकर प्रसाद के 'कंकाल' उपन्यास के अनुसार—

"बिना भित्ति कोई घर नहीं टिकता और बिना नींव के कोई भित्ति नहीं। उसी प्रकार सद्विचार के बिना मनुष्य की स्थिति नहीं और धर्म संस्कारों के बिना सद्विचार नहीं होते।"

जिस प्रकार कोई दीवार नींव के बिना खड़ी नहीं रह सकते, उसी प्रकार मनुष्य समाज में तभी स्थान बना सकता है जब उसके विचार अच्छे होंगे। अन्यथा कुविचारों के साथ मनुष्य की क्या स्थिति हो सकती, इसका अनुमान सहज ही लगाया जा सकता है।

धर्म संस्कारों के बिना भी सद्विचार नहीं आ सकते। जब तक मनुष्य का मन शांत नहीं होगा, तब तक उसके मन में अच्छे विचारों का आना संभव नहीं होगा। मन की शांति किस प्रकार मिले? धर्म संस्कारों से। धार्मिक कार्यों द्वारा मनुष्य आत्मीय शांति प्राप्त कर सकता है। मन शांत होने पर अच्छे विचारों का आगमन होगा जो उसे अच्छे कार्यों

की प्रेरणा देकर सफलता की ओर ले जाएँगे।

जयशंकर प्रसाद की कहानी 'सालवती' के अनुसार—

"विचारों की स्वतंत्रता इसी में है कि वे स्पष्ट रूप से प्रचारित किए जाएँ न कि वे सत्य होते हुए भी दबा दिए जाएँ।"

स्पष्ट एवं अच्छे विचारों को सर्वथा अपनाने का प्रयास करना चाहिए, यह नहीं कि उन्हें न मानते हुए हवा में उड़ाने का प्रयास करना चाहिए।

मनुष्य के स्पष्ट विचारों में वह जादू होता है जो लोगों में नई शक्ति का संचार कर उन्हें सफलता की ओर अग्रसर कर सकता है; जब विचारों को यदि उसी रूप में सही ढंग से लोगों तक पहुँचाया जाए तब, न कि उन विचारों की सत्यता को दबा दिया जाए।

मनुष्य को अपने विचारों की शक्ति को सर्वथा बनाए रखना चाहिए। अच्छे विचार मन में बुराइयों को बसने नहीं देते, बल्कि दूसरों के मन को भी अपने विचारों की शक्ति से स्वच्छ व निर्मल बना देते हैं। विचारों की शक्ति क्या है? उसके विषय में आचार्य विनोबा भावे ने कहा है कि—

"विचार भी एक शक्ति है। हम तो समझते हैं कि विचार-शक्ति की बराबरी करने वाली दुनिया में दूसरी कोई शक्ति नहीं है। विचार से ही मनुष्य प्रेरित हुआ है। जो

सद्विचार है, वह टिकता है और असद् विचार एक क्षण के लिए तो दर्शन देता है, लेकिन दूसरे ही क्षण उसका विलय हो जाता है। मनुष्य का सारा कार्य उसके विचार के अनुसार चलता है। संसार में जो विचार सही ज्ञात होता है, उसके अनुसार ही समस्त जीवन चलता है। विचार बदलता है, परंतु जीवन चलता है विचार के ही अनुसार। किसी एक विचार का शासन स्थिर नहीं रह सकता, क्योंकि विचार के झगड़े नित्य निरंतर चलते रहते हैं। समाजशास्त्र में इसे संघर्ष और धर्मशास्त्र में विचार मंथन अथवा विचार शोधन कहते हैं। आपकी विचार की श्रद्धा कभी ढीली नहीं होनी चाहिए, वह सर्वथा दृढ़ रहनी चाहिए।''

विचार मनुष्य की वह शक्ति है जो उसे संचालित रखती है, लेकिन केवल सद्विचार ही मनुष्य को मनुष्य बनाते हैं और सद्विचारों पर ही मनुष्य-जीवन की सफलता-असफलता टिकी होती है।

जीवन में विचारों का आदान-प्रदान भी विशेष महत्त्व रखता है। महान् व्यक्तियों के विचारों से भी प्रेरणा मिलती है। यही कारण है कि समाचार-पत्रों में, पुस्तकों आदि में महान् विचारकों के महान् विचार दिए जाते हैं; जिसके कि हमारे निजी विचार उनसे पोषण प्राप्त कर सके। महान् विचार मनुष्य के लिए उत्प्रेरक होते हैं।

• "संसार ही महापुरुषों को ढूँढ़ता है, न कि महापुरुष संसार को।"

—कालिदास

• "शांति की विजय भी युद्ध की विजय से कम महत्त्वपूर्ण नहीं है।"

—मिल्टन

• "मनुष्य को दीपक का स्वभाव अपनाना चाहिए जैसे वह स्वयं जलकर दूसरों को रोशनी देता है।"

—अज्ञात

• "डूबने वाले के साथ सहानुभूति का अर्थ यह नहीं है कि उसके साथ डूब जाएँ, बल्कि तैरकर उसे बचाने का प्रयत्न करें।"

—आचार्य विनोबा भावे

• "मनुष्य की भौतिक संपत्ति घटती बढ़ती रहती है, लेकिन उसके विवेक की संपत्ति सतत उसके पास रहती है।"

—स्वामी सत्यमित्रानंदगिरि

• "गरीब वह है जिसके पास ज्ञान की दौलत नहीं है। धनहीन ज्ञानी गरीब कभी नहीं होता।"

—आदिगुरु शंकराचार्य

• "जो व्यक्ति ऐश्वर्य के मद से मतवाला हो जाता

है, वह बिना पतन के नहीं सँभलता।''

—महाभारत

• ''हमें कोई धोखा नहीं देता। हम स्वयं अपने आपको धोखा देते हैं।''

—गेटे

• ''मन को निर्मल रखकर सदाचार का पालन करने वाले पर भगवान स्वयं कृपा करने को आतुर रहते हैं।''

—संत तिरुवल्लुवर

• ''स्वस्थ और दीर्घ जीवन के आकांक्षी व्यक्ति को सदैव आशावान और कर्मठ बने रहना चाहिए।''

—डॉ. रामचरण

• ''धन और संपत्ति नहीं, चरित्र और आचरण से मानव महान् बनता है।''

—मुनि सुदर्शनजी महाराज

• ''सत्य पर दृढ़ रहनेवालों का कहीं भी कुछ अशुभ नहीं होता।''

—स्कंद पुराण

• ''हृदय में लगन धारण कर निरंतर कर्म करने वाले को सफलता अवश्य मिलती है।''

—चार्वाक

• ''वही व्यक्ति जीवन में सफलता प्राप्त कर पाता है जो आशावादी होता है। जब तक किसी व्यक्ति के मन में आशा नहीं होगी, वह कोई काम नहीं कर सकेगा।''

—हेलेन

• ''अभी तक किसी भी मनुष्य को इसलिए सम्मानित नहीं किया गया कि उसने जीवन में क्या प्राप्त किया, अपितु इसलिए सम्मानित किया गया है कि उसने इस दुनिया को क्या दिया।''

—काल्विन कूलिज

• ''प्रसन्नता सर्वोत्तम औषधि है। इसलिए नित्य प्रसन्न रहना चाहिए। साथ ही शांतभाव का अभ्यास भी जरूरी है।''

—आचार्य राजगुरुजी महाराज

• ''लोग सख्त मेहनत से नहीं मरते, आलस्य लोगों की जिंदगी को कम करता है।''

—इंदिरा गांधी

• ''अधूरा काम और अपराजित शत्रु दोनों बिना बुझी आग की चिंगारियों की तरह हैं जो मौका पाकर बढ़ जाएँगे और उस लापरवाह आदमी को दबाएँगे।''

—तिरुवल्लुवर

• ''केवल वही जीवन उन्नति कर रहा है, जिसका हृदय कोमल, रुधिर उष्टा, मस्तिष्क तीक्ष्ण होता जाता है, और

जिसके मन को शांति मिलती जाती है।''

—रस्किन बांड

• ''व्यक्ति के जीवन में अवसरों का समुद्र लहराता है। यदि वह इन अवसरों का सही उपयोग करे तो उस व्यक्ति को गरिमा प्राप्त होती है।''

—भीमराव अंबेडकर

• ''अतीत की चिंता मत करो, उसे भूल जाओ। बीती हुई बातों में चिंता से सुधार नहीं हो सकता।''

—जेम्स डगलस

• ''यदि आप किसी को यह इत्मीनान दिलाना चाहते हैं कि वह गलती पर है तो उसे वास्तव में करके दिखाओ। आदमी देखी हुई वस्तुओं पर विश्वास करते हैं, उन्हें देखने दो।''

—थोरो

• ''उत्तम प्रकृति का व्यक्ति क्रोधित होने पर भी भलाई का ही कार्य करता है। जिस प्रकार दूध जो स्वभाव से मीठा होता है, गरम कर देने पर और भी स्वादिष्ट हो जाता है।''

—पंचतंत्र

• ''मेरा पुत्र है, मेरा धन है कि इस प्रकार से मूर्ख व्याकुल होते हैं। जब मनुष्य ही स्वयं का नहीं है तो पुत्र और धन उसके कहाँ तक होंगे।''

—धम्मपद

• "कर्त्तव्य कार्य जब नहीं किया जाता है तो वह सज्जनों में क्रोध पैदा करता है।"

—वाल्मीकि रामायण

• "जिस प्रकार एक ही वृक्ष पर अनेक पक्षियों का समागम होता है, उसी तरह अनेक विचारों के ऊहापोह से किसी एक इच्छित कर्म को करना चाहिए।"

—पद्मपुराण

• "संपूर्ण प्रेरणा अंधी है, सिवा उन घड़ियों के जिनमें श्रम का अस्तित्व है।"

—खलील जिब्रान

• "जिसके पास कुछ नहीं है, उसे किसी बात से भय नहीं है।"

—टॉमस फुलर

• "संसार में निकृष्ट व्यक्ति कौन हैं? इसका सीधा सा जवाब है जो अपना कर्तव्य जानते हुए भी उसका पालन नहीं करते।"

—हेनरी मार्टेन

• "चिंतन ही उन्नति है। अ-चिंतन गतिहीनता है, व्यक्ति, संगठन अथवा देश के सभी के लिए। चिंतन ही हमें कर्मशील बनाते हैं।"

—डॉ. ए.पी.जे. कलाम

• "धरती को बौनों की नहीं, ऊँचे कद के इनसानों की जरूरत है; इतने ऊँचे कि आसमान को छू लें, नए नक्षत्रों में प्रतिभा के बीज बो लें। किंतु इतने ऊँचे भी नहीं कि पाँव तले दूब ही न जमे, कोई काँटा न चुभे, कोई कली न खिले।"

—अटल बिहारी वाजपेयी

वाणी पर नियंत्रण रखें

वाणी अर्थात् मनुष्य के कुछ बोलते ही ज्ञात हो जाता है कि उसके आचार-विचार कैसे हैं? संस्कृति कैसी है? वस्तुतः मनुष्य की वाणी उसके व्यक्तित्व का आईना होती है।

मनुष्य की वाणी मधुर होनी चाहिए जो स्वयं को और दूसरों को कष्ट न पहुँचाए। कहा भी गया है कि गोली का घाव भर जाता है, लेकिन बोली का घाव कभी नहीं भरता। अच्छी भाषा के प्रयोग से बिगड़ते कामों को बनाया जा सकता है। किंतु यदि आपका काम जहाँ पर आसानी से बन रहा हो और आपकी वाणी कड़वाहट भरी हो तो वहाँ पर काम में सैकड़ों रोड़े अटक जाएँगे और संभव है कि वह हो ही नहीं।

जयशंकर प्रसाद ने कहा हैं कि—

"आपकी शीतल वाणी सुनने वाले को, चाहे वह कितना ही कठोर क्यों न हो, भी शीतल कर देती है।"

अतः मनुष्य को ऐसी वाणी का ही प्रयोग करना चाहिए जिससे किसी के हृदय पर आघात न हो।

एक बार की बात है, एक व्यक्ति को किसी कार्यवश एक गाँव में जाना पड़ा। उसके गाँव में पहुँचने से पहले अँधेरा होने लगा। उसने विश्राम के उद्देश्य से एक घर में आश्रय माँगा। घर की मालकिन ने उसे घर के आँगन में रुकने के लिए स्थान दे दिया।

वह मालकिन से बोला कि "आपका मकान बहुत सुंदर है। परंतु कभी भूकंप आ जाए तो यह टूट-फूटकर गिर जाएगा।"

यह सुनकर मालकिन ने कहा कि "इसे छोड़िए; आप आराम कीजिए।"

थोड़ी देर बाद वह फिर बोला कि "आप इतनी मोटी हैं, आपके मरने के बाद आपको चार आदमी तो उठा नहीं पाएँगे।"

यह सुनकर भी मालकिन शांतभाव से बोली कि "आप थके हुए हैं, आराम करें।"

वह थोड़ी देर चुप रहा। फिर बोला कि "आपके पति अभी तक नहीं आए। हो सकता है, वे दुर्घटनाग्रस्त हो गए हों।"

अब मालकिन का धैर्य जवाब दे गया। उसने पास रखा

लट्ठ उठाकर उस व्यक्ति के सिर पर दे मारा। उसके माथे से खून बहने लगा, लेकिन उसने उसे मार–मारकर वहाँ से भगा दिया।

उसके सिर से बहते खून को देखकर राहगीरों ने पूछा कि "अरे भई! क्या हो गया?" वह व्यक्ति बोला कि "कुछ नहीं, मेरी वाणी का रस बह रहा है।"

सीधी सी बात है, उसकी अनुचित वाणी ने उसके बनते काम को बिगाड़ दिया।

"मनुष्य की वाणी वह अचूक बाण है जिसका प्रभाव सुननेवाले की अंतरात्मा पर होता है।"

अतः अब यह मनुष्य पर निर्भर करता है कि वह शब्दों के बाण किस प्रकार के चलाना चाहता है। यदि वह ऐसे शब्दों का प्रयोग करता है जो सुननेवाले की आत्मा को तृप्त कर दें तो उसकी छवि सुननेवाले के मन पर अलग बनेगी, लेकिन यदि वह विषैले बाण छोड़ता है तो सुनने वाले पर ऐसे घाव होंगे जो जीवन भर किसी भी औषधि से नहीं भर पाएँगे और न ही उन घावों की टीस कम हो पाएगी।

मनुष्य की वाणी में सत्यता होनी चाहिए। सत्यता का प्रभाव मनुष्य को सर्वोपरि बनाता है।

महाभारत का युद्ध हो रहा था। यह उस समय की बात है, जब युद्ध में भीम ने अश्वत्थामा को युद्ध क्षेत्र से बहुत

दूर खदेड़ दिया था। तत्पश्चात् वे रणक्षेत्र में वहाँ पहुँचे जहाँ अश्वत्थामा नामक एक हाथी खड़ा था। उन्होंने अपनी गदा के एक ही प्रहार से उस हाथी का काम तमाम कर दिया और गुरु द्रोणाचार्य के समक्ष पहुँचकर कहने लगे, "अश्वत्थामा मारा गया।"

अश्वत्थामा की मृत्यु का समाचार सुनकर द्रोणाचार्य स्तब्ध रह गए। अपने वीर पुत्र की मृत्यु पर उन्हें घोर आश्चर्य हुआ। उन्होंने इस बात की सत्यता का पता लगाने का निश्चय किया। वे जानते थे कि धर्मराज युधिष्ठिर कभी असत्य नहीं बोलते। अतः उन्होंने अपना रथ उनकी ओर हाँका।

युधिष्ठिर के समक्ष पहुँचकर द्रोणाचार्य ने उनसे अश्वत्थामा की मृत्यु के विषय में पूछा। भगवान् श्रीकृष्ण ने युधिष्ठिर से पहले ही कह दिया था कि "यदि द्रोणाचार्य इस विषय में पूछें तो उसके मारे जाने की बात कहें।" परंतु युधिष्ठिर के लिए असत्य बोलना विषपान से भी भयंकर था। अतः द्रोणाचार्य के इस प्रकार पूछने पर वे धर्म-संकट में फँस गए।

द्रोणाचार्य के बार-बार पूछने पर युधिष्ठिर ने कहा कि "यह सही है गुरुदेव कि अश्वत्थामा मारा गया है, लेकिन नर नहीं, बल्कि गज।" श्रीकृष्ण समझ गए थे कि युधिष्ठिर झूठ नहीं बोल पाएँगे, अतः जैसे ही उन्होंने कहा कि अश्वत्थामा मारा गया है...। इसके तुरंत बाद उन्होंने अपना शंख बजा दिया

जिससे द्रोणाचार्य पूरी बात नहीं सुन सके।

युधिष्ठिर के इस धर्म-संकट से उनकी सत्यता का प्रभाव जाता रहा। वे सदैव सत्य वचन बोलते थे। इसके प्रभाव से उनका रथ पृथ्वी से कुछ इंच ऊपर उठकर चलता था। अर्थात् उनका रथ पृथ्वी से स्पर्श नहीं करता था। परंतु सत्य-असत्य के अंतर्द्वंद्व के कारण उनका प्रभाव जाता रहा और अन्य साधारण रथों की भाँति उनका रथ भी पृथ्वी पर चलने लगा।

सत्यता का प्रभाव मनुष्य को औरों से अलग करता है। जिस प्रकार धर्मराज युधिष्ठिर का रथ सत्य वाणी के प्रभाव से पृथ्वी से ऊपर उठकर चलता था, अर्थात् सबसे अलग था, उसी प्रकार सत्यवाणी लोगों को औरों से अलग करती है, अर्थात् सफल लोगों की श्रेणी में खड़ा करती है। इसके विपरीत असत्य वाणी लोगों को परस्पर दूर करती है अर्थात् असफलता की श्रेणी में खड़ा करती है। छोटी-छोटी बातों के लिए असत्य वाणी मुँह से निकालना केवल असफलता का चुनाव करने वाले लोगों को ही शोभा देता है।

विनोबा भावे के अनुसार—

"जब हम हृदय से मीठा बोलना सीखने लगते हैं तब हमारा व्यवहार भी मीठा होने लगता है।"

मनुष्य को स्वयं को इतना मृदुभाषी बनाना चाहिए जिससे उसकी वाणी से सभी मधुरता प्राप्त कर सके। वाणी में मधुरता

होगी तो मनुष्य की सफलता के मार्ग की बाधाएँ स्वत: समाप्त होती जाएँगी।

'तोल मोल के बोल' अर्थात् शब्दों को मुँह से इस प्रकार निकालना चाहिए जो सीधे हृदय पर छाप छोड़ें। स्पष्ट एवं मधुर वाणी सफलता के लिए उत्तम गुण है, जिसके सहारे मनुष्य अपनी बाधाओं को आसानी से जीत सकता है।

शिष्टाचार की अभिव्यक्ति

शिष्टाचार की अभिव्यक्ति समाज, देश और परिस्थिति के भेद से अभिव्यक्ति के तरीकों में अंतर हो सकता है, परंतु उनका सर्वमान्य आधार ही दूसरों के प्रति सम्मान, स्वयं का नम्रता व माधुर्यमय व्यवहार झलके-छलके जिससे प्रभावित व्यक्ति आपके व्यवहार की तारीफ किए बिना न रह सकें। शिष्ट व्यवहार न केवल दूसरे व्यक्ति को आकर्षित करता है, बल्कि हमारा जीवन भी शिष्ट होने की वजह से माधुर्यता से भर जाता है। श्रेष्ठ आचरण को ही सरल भाषा में शिष्टाचार कह सकते हैं।

शिष्टाचार से केवल आंतरिक सुगढ़ता नहीं आती, बल्कि नैतिक व सामाजिक जागरूकता का भी बोध होता है। व्यवहार में शिष्टाचार आने से हमारा जीवन विकास की ओर अग्रसर होने लगता है—अवनति से उन्नति, खिन्नता से प्रसन्नता,

अपमान से मान की ओर। इसके विपरीत हमें कटुभाषी, असंतोष, निराशाजनकता व खिन्नता जैसे आचरण से असहयोग, उपेक्षा, अपमान जैसी कटुता ही हाथ लगती है। परस्पर स्नेह, सदभावना, शिष्टता, सभ्यता व उदारता से हम प्रगति-उन्नति के पथ पर चलने लगते हैं। विनम्रता व शालीनतापूर्ण किया गया व्यवहार शिष्टाचार के दायरे में ही आता है।

सामान्य सी लगने वाली कुछ बातों को अपनाकर हम जीवन को सभ्य व शिष्ट बना सकते हैं—

• नकारात्मक सोच को त्यागकर अपनी विचारधारा में सकारात्मक विचारों की कांति लाएँ।

• बड़ों का सदैव आदर-सम्मान करें।

• अपने सहभागी व साथियों के प्रति सदैव प्रेम व सहयोगपूर्ण नजरिया रखें जो स्वार्थ से परे हो।

• अपने चिंतन को आध्यात्मिकता से जोड़े।

मनुष्य जीवन ईश्वर की सर्वश्रेष्ठ व अनमोल कृति है, अतः हमारा जीवन सुखमय-खुशहाली से भरा हो, शांतिमय हो— इसके लिए जरूरी है, हमारा दूसरों के प्रति नजरिया जो हमारे जीवन को प्रभावित ही नहीं करता, बल्कि कभी-कभी हमारे जीवन को अशांत बना देता है। अतः जैसा दूसरों के प्रति हमारा आचरण होगा, उसका प्रतिफल भी वैसा ही होगा। हर क्रिया की प्रतिक्रिया होती है। विज्ञान के इस सिद्धांत

को कभी भुलाया नहीं जा सकता। अत: हमारी शिष्टता हमारे जीवन को सादगीपूर्ण बनाती है। शिष्टता, शालीनता, विनम्रता जैसे गुण हमारे व्यक्तित्व में निखार लाते हैं और हमें आत्मविश्वासी बनाते हैं।

एक शिष्टाचार यह भी

यह घटना उस समय की है जब ईश्वरचंद्र विद्यासागर संस्कृत कॉलेज के आचार्य थे। एक बार उन्हें किसी काम से प्रेसीडेंसी कॉलेज के अंग्रेज आचार्य कैरे से मिलने जाना पड़ा। कैरे उस समय जूते पहने मेज पर पाँव फैलाए बैठे थे। खड़े होकर स्वागत करने की तो बात दूर रही, वे ईश्वरचंद्र विद्यासागर को देख कर भी उसी तरह बैठे रहे। ईश्वरचंद्र को यह अच्छा नहीं लगा, पर वे चुपचाप इस अपमान को पी गए।

कुछ दिन बाद किसी काम से कैरे ईश्वरचंद्र विद्यासागर के यहाँ आए। उन्हें देखकर ईश्वरचंद्र ने चप्पलों समेत अपने पाँव उठाकर मेज पर फैला लिए और आराम से कुरसी पर बैठे रहे। उन्होंने कैरे से बैठने को भी नहीं कहा। कैरे ने उनके इस दुर्व्यवहार की शिकायत लिखित रूप से शिक्षा परिषद् के सचिव डॉ. मुआट से की। डा. मुआट ईश्वरचंद्र विद्यासागर को भलीभाँति जानते थे, फिर भी एक दिन वे

कैरे को लेकर ईश्वरचंद्र विद्यासागर के यहाँ गए और बातचीत में कैरे की शिकायत का जिक्र किया । इस पर ईश्वरचंद्र विद्यासागर ने कहा, ''हम भारतीय लोग अंग्रेजों से ही यूरोपीय शिष्टाचार सीखते हैं। जब मैं इनसे मिलने गया था तो ये इसी तरह बैठे रहे थे। इससे मैंने समझा कि यूरोपीय शिष्टाचार यही है, इसलिए मैंने इनका अनुसरण किया। इन्हें नाराज करने का मेरा इरादा बिलकुल भी नहीं था।'' उनकी इस बात को सुनकर डॉ. मुआट और कैरे को शार्मिंदा होना पड़ा ।

शिष्टाचार के कुछ प्रमुख सूत्र—

- किसी की आलोचना न करें।
- किसी को हीन न समझें उसको नीचा दिखाने की चेष्टा न करें।
- क्रोध न करें। क्रोध आए तो दस तक गिनें। क्रोध प्रकट करना भी हो तो साधारण व्यंग्य द्वारा कर दें।
- कभी किसी की वस्तु न माँगें। यदि माँगें तो वापस कर दें। यदि खराब हो जाए तो ठीक स्थिति में वापस कर दें।
- बात उतनी ही करें, जिसके बिना गुजारा न हो। झूठ न बोलें। झूठा वादा न करें। इनकार करने की स्थिति में नम्रतापूर्वक इनकार कर दें।
- अवसर के अनुरूप ही बात करें। दूसरे की बात सुनें

ज्यादा, अपनी बात कम करें।

- किसी दूसरे की अनुपस्थिति में उसकी बुराई न करें। निंदा व चुगली में शामिल न होएँ।
- आवेश से बचें। कई बार आवेश में बात निकल जाती है तो पछताना पड़ता है।
- शिष्ट, नम्र व्यवहार समाज का प्रवेश द्वार है। आपकी सहजता और वाकपटुता से आपकी साख बढ़ सकती है। आप अपने क्षेत्र में ज्यादा प्रभुत्व कायम रख सकते हैं। वाणी का शिष्टाचार, व्यवहार के शिष्टाचार को जन्म देता है। यदि आपका व्यवहार-सभ्य है तो आप जीवन के हर क्षेत्र में सफल हो सकते हैं।
- ऋग्वेद की एक ऋचा में शिष्टाचार का एक दिव्य सूत्र है जिसका अर्थ है— हे देवगण! मैं बड़ों की प्रशंसा को कभी न काटूँ, सदैव उनका आदर करूँ। इस ऋचा में बड़ों के प्रति श्रद्धा और सम्मान की भावना झलकती है।
- अथर्ववेद की एक ऋचा का भावार्थ है— पुत्र पिता के श्रेष्ठ सत्कर्मों और संकल्पों का अनुसरण करे और माँ की तरह पवित्र व कोमल मन वाला बने। पति अपनी पत्नी के लिए और पत्नी अपने पति के लिए मधुर और शांतिदायक वाणी का इस्तेमाल करे। सुबह उठने के पश्चात छोटे अपने बड़ों का चरण स्पर्श करें। इसी तरह बड़ों का कर्तव्य है कि

वे अपने से छोटों के प्रणाम का स्नेह भरे स्वर में या मौन आशीष दें। बराबर वालों में परस्पर एक-दूसरे का प्रेमपूर्ण अभिवादन होना चाहिए।

- महाकवि कालिदास इस तरह की विनम्रता को महान् अलंकार से अलंकृत करते हैं। उनके अनुसार, शालीन और शिष्ट व्यवहार से व्यक्ति के आंतरिक गुण प्रकट होते हैं।
- रवींद्रनाथ टैगोर ने विनम्रता को आध्यात्मिक शक्ति माना है। उनके अनुसार नम्रता और शिष्टता में सात्विक विचारों का तेज होता है।
- विनम्रता और शिष्टाचार अंतःकरण की अभिव्यक्ति है। समाज, देश और परिस्थिति के अनुसार इसकी अभिव्यक्ति के तरीकों में अंतर हो सकता है, परंतु हर जगह उनका आधार यह है कि दूसरों के प्रति सम्मान, विनम्रता और मधुर स्वभाव वाला व्यवहार में साफ नजर आना चाहिए। इससे जहाँ एक ओर व्यक्ति के अंतर्मन की झलक मिलती है, वहीं दूसरी ओर समाज की जागरूकता का भी पता चलता है।
- कहा जा सकता है कि भावप्रधान व्यक्ति कभी भी अशिष्ट और असभ्य नहीं हो सकता है। जिसका हृदय संवेदना से भरा हो वह किसी के प्रति कठोर शब्दों का प्रयोग नहीं कर सकता। ऐसे व्यक्ति की ही वाणी के बारे में कहा गया है—'औरन को शीतल करे, आपहुं शीतल होए'।

• शिष्टाचार का मूल मंत्र है—विनम्रता और दूसरों का सम्मान। एक व्यक्ति का दूसरों के प्रति व्यवहार कैसा होगा, इस पर व्यक्ति की उन्नति-अवनति, प्रसन्नता-उदासी, मान-अपमान बहुत कुछ निर्भर करता है। इसके उलट अगर किसी का व्यवहार अशिष्ट, उद्दंड और अनगढ़ होगा, तो इससे उस व्यक्ति और उसके समाज, दोनों का विकास रुकता है। निराश रहनेवाले, कटुभाषी, असंतुष्ट और खीझ पैदा करने वाले व्यक्ति के साथ दूसरों का व्यवहार भी ऐसा ही रहता है। ऐसे आचरण के बदले उपेक्षा, असहयोग और अपमान ही हाथ लगता है। हर स्थिति में यह घाटे की बात है। क्रोध, आवेश और खराब आचरण सबसे पहले खुद को नुकसान पहुँचाता है। इससे दूसरे जो अपमान महसूस करते हैं, उससे वैर-विरोध भी पैदा होता है।

• हममें से बहुत से लोग ऊँची डिग्री और अच्छे कपड़ों को ही असली शिष्टाचार मानने की भूल कर बैठते हैं। उच्च शिक्षित और कीमती कपड़ें पहनने वाला व्यक्ति भी अपने व्यवहार में अशिष्ट हो सकता है। इसके विपरीत एक अनपढ़ देहाती भी अपने आचरण में बहुत शिष्ट हो सकता है।

• सभ्य और शिष्ट आचरण का ज्ञान पूर्वजों से विरासत में मिलता है। इसका अभ्यास बचपन से ही कराया जाना उचित है। वैसे तो शिष्टाचार की बातें पाठ्य-पुस्तकें में भी

दी गई होती हैं, लेकिन जब शिक्षक और अभिभावक इस दायित्व का अभ्यास अपने आचरण से कराते हैं तो ही यह हमारे जीवन में उतरता है।

- बोलचाल में शिष्टाचार का बहुत कम लोग नियम से पालन कर पाते हैं। लोग अभिवादन के सामान्य व्यवहार तक से बचना चाहते हैं और बोलते समय आदर सूचक शब्दों की भी कंजूसी करते हैं। जबकि नमस्ते, नमस्कार या प्रणाम कहने में किसी का कुछ नहीं जाता। महज इतना करने भर से सामने वाले व्यक्ति को लगता है कि उसे सम्मान दिया जा रहा है।

- देखा जाए तो शिष्टाचार हमारे जीवन का ऐसा दर्पण है जिसमें हमारा वास्तविक व्यक्तित्व झलकता है। शिष्टाचार के माध्यम से ही हमारा पहला परिचय समाज को मिलता है। शिष्ट व विनम्र व्यवहार के लिए कुछ सामान्य नियमों का पालन आवश्यक है। हम भाषा और व्यवहार में शिष्टाचार को अपनाएँ। सकारात्मक विचारों को तरजीह दें। जीवनशैली में सादगी और सज्जनता को अपनाएँ। दूसरों की अच्छी बातों का लाभ उठाएँ और अच्छे लोगों की बातों का सम्मान करें।

□□□

मिनी Personality Development सीरीज

लक्ष्य एक छोटा सा बिंदु है, जिसके केंद्र में जीवन की सारी सफलताओं का स्रोत मौजूद है। इस बिंदु को लक्ष्य करके हर व्यक्ति अर्जुन की भाँति चिड़िया की आँख भेद सकता है। प्रस्तुत पुस्तक 'लक्ष्य' की ओर बढ़ते और बढ़ने के जिज्ञासुओं के लिए एक गाइड के रूप में काम आ सकती है।

प्रसन्नता मनुष्य का एक ऐसा गुण है, जो विपरीत परिस्थितियों में भी उसे सहज, सरल, सामान्य और रचनात्मक बनाए रखता है। तनामुक्त रहने, प्रसन्न और प्रफुल्लित रहने के व्यावहारिक सूत्र बताती एक जीवनोपयोगी पुस्तक।

नेतृत्व वही व्यक्ति कर सकता है, जिसका व्यक्तित्व प्रभावशाली हो, वाणी में आकर्षण हो, जिसकी तर्कशक्ति लोगों को लाजवाब कर दे। आपके भीतर छिपे लीडरशिप के गुणों को उभारकर सफल होने के गुर बतानेवाली पुस्तक।

दरअसल, सपने असल जिंदगी की वे योजनाएँ हैं, जिन्हें हम साकार करना चाहते हैं। आपने जो सपना देखा है, वह मूर्त रूप कैसे ले, उसके लिए क्या, क्यों और कैसे किया जाए—प्रस्तुत पुस्तक यह सब परत-दर-परत बताती है।

शिष्टाचार का जीवन में अहम स्थान है। शिष्टाचार द्वारा अनजान व्यक्ति भी समाज में सम्मान पाता है, वहीं शिष्टाचार रहित व्यक्ति परिजनों द्वारा भी दुत्कारा जाता है। प्रस्तुत पुस्तक व्यक्ति को शिष्टाचार युक्त बनाने की दिशा में अग्रसर करती है।

स्मरण-शक्ति बढ़ाने के लिए सरल सा नियम है—सरलता से उस विषय का दोहराव किया जाता रहे, फिर वह विषय स्थायी रूप से हमारे स्मृति-पटल पर दर्ज हो जाता है। स्मरण-शक्ति बढ़ाने के सरल उपाय बताती पुस्तक।

सकारात्मक सोच आदमी का वह ब्रह्मास्त्र है, जो उसके मार्ग की सभी बाधाओं को समाप्त कर सफलता का मार्ग प्रशस्त कर देता है। सकारात्मक सोच विकसित करने के सरल उपाय बताती पुस्तक।

अगर आपको ज्यादा-से-ज्यादा काम सौंपा जाता है तो यकीन मानिए, आप एक जिम्मेदार व्यक्ति हैं, क्योंकि जिम्मेदारी उसी को मिलती है, जो उन्हें निभा सकता है। सफलतापूर्वक जिम्मेदारी निभाने की क्षमता पैदा करनेवाली पुस्तक।

आत्मविश्वास वह सुरक्षा कवच है, जो हर तरह की बाधाओं के विरुद्ध आपकी रक्षा करता है, और सदैव आपको सफलता के मार्ग की ओर अग्रसर करता है। आत्मविश्वास विकसित करने की प्रेरणा देनेवाली पठनीय पुस्तक।

सफलता वह फल है, जो बहुत स्वादिष्ट है और हर कोई उसे चखना चाहता है; लेकिन यह चलकर झोली में आनेवाला फल नहीं है वरन् इस तक पहुँचने के लिए आपको कड़ी मेहनत करनी होगी। सफलता को पाने के व्यावहारिक सूत्र बताती लोकप्रिय पुस्तक।

समय-प्रबंधन में जरा भी कठिनाई नहीं है, प्रत्येक कार्य अपने तय वक्त पर किया जाए—समय पर सोकर उठना, नहाना, खाना, पढ़ाई, बाकी सारे काम निबटाना। जो व्यक्ति समय को नष्ट करता है, समय ही उसे नष्ट कर देता है। दरअसल, समय-प्रबंधन ही जीवन-प्रबंधन है। टाइम मैनेजमेंट की बेजोड़ पुस्तक।

इच्छाशक्ति मनुष्य की वह अप्रतिम शक्ति है, जो पहाड़ों के सीने चीरकर उनमें से नदियाँ बहा सकती है। प्रस्तुत पुस्तक सोई हुई इच्छाशक्ति को जगाकर लक्ष्य-प्राप्ति, सफलता और जीवन के तमाम अभीष्ट पाने का मार्ग बताती है।